Eva Wiesenecker:
Ein Sommer geht zu Ende

Ein Sommer geht zu Ende

Erzählung

von Eva Wiesenecker

©Eva Wiesenecker, 2020
Die Autorin dankt ihrer Freundin Dr. Marlene Grau für wertvolle
Anregungen.
Lektorat und Buchsatz: Dr. Stefan Kappner
Dieses Buch wurde mit Hilfe von LaTeX gesetzt.
Cover-Gestaltung: Johannes Wiesenecker
Druck und Vertrieb: tredition GmbH, Hamburg

ISBN 978-3-947694-05-1 (Hardcover)
ISBN 978-3-947694-06-8 (E-Book)

Es kommt mir vor, dass ich schon ein halbes Jahr aus Europa weg bin, so viel erlebe ich und so fremd ist mir alles. Niemals habe ich so stark gefühlt, dass ich ein Europäer bin, ein Mittelmeermensch, wenn Sie so wollen, ein Römer und ein Katholik, ein Humanist und Renaissancemensch.
Es ist ein Glück, dass ich nach Russland gefahren bin. Ich hätte mich niemals kennengelernt.

Joseph Roth

März 1994

Müde sank Suzanne in den Ledersessel und starrte auf die Dame in Blau.

Das Bild hatte sie sofort angesprochen, als sie es in einer Leipziger Galerie zum ersten Mal gesehen hatte. Vom leicht entrückten Mienenspiel der Tänzerin war sie auf Anhieb fasziniert gewesen. Ihr war es vorgekommen, als blinzelte die Ballerina ihr ermunternd zu, während sie überlegte, ob sie sich das Gemälde leisten konnte.

Seitdem hing die kokette Blaue in ihrem Büro. In letzter Zeit unterhielt sich Suzanne mit der Tänzerin. Ja, du bist mein Orakel, dachte sie.

In diesem Moment schien die Ballerina ihre Beine ineinander zu verknoten. Und aus dem Vorzimmer drang eine schrille Stimme herein: »Frau Miller-Haast! Vor zwei Stunden hat jemand aus Moskau angerufen.«

»Seit wann erwarten wir Ware aus Russland?«, rief Suzanne gereizt.

In letzter Zeit fühlte sie sich ständig gereizt. Ihre Nerven lagen blank. Die haltlosen Vorschläge des Teams, die Wichtigtuerei des Vorgesetzten und die ständige Warterei auf Viktor zermürbten sie. Seit sie im letzten Jahr die Leitung der Marketingabteilung übernommen hatte, jagte eine Besprechung die nächste. Es empörte sie, wenn jemand ihr etwas zurief. Sie strich über ihre helle Bluse. Ihre schnellen Atemzüge wölbten den Stoff. Nicht ausflippen! Nicht hier!

Als hätte die Sekretärin ihre Gedanken gelesen, trat sie an die Tür: »Die Dame hat auf Englisch gefragt, ob sie mit dem Büro von Suzanne Haast-Miller, Ehefrau von Viktor Miller, verbunden sei.«

»Und was haben Sie ihr gesagt?«

»Dass Sie in einer Besprechung sind. Sie könne es nachmittags probieren.«

»Und hat sie noch mal angerufen?«

»Vor ein paar Minuten.«

»Und was hat sie gesagt?«, fragte Suzanne ärgerlich.

»Das Gleiche.«

»Danke!«

Ihr Blick fiel zurück auf das Bild. Das Mienenspiel der Ballerina kannte sie inzwischen gut. Je nach Lichteinfall änderte es sich im Laufe des Tages. Niemand betrachtete die Ballerina kommentarlos. Alle reagierten auf sie, die Tanzende in Blau. Das brachte Suzanne auf die Idee, der Personalabteilung vorzuschlagen, das Bild bei Bewerbungsgesprächen einzusetzen.

Hoffentlich ist Viktor nichts passiert. Woher hat Moskau meine Telefonnummer? Nur nicht darüber nachgrübeln!

Im Büro dachte Suzanne selten an ihren Mann. Wiederkehrende bizarre Sitzungen und Entscheidungen beanspruchten sie so stark, dass sie alle persönlichen Sorgen verdrängten.

»Bitte stellen Sie gleich durch, wenn die Dame aus Moskau wieder anruft. Haben Sie schon die Agenda für die Strategiebesprechung verschickt?«

»Bin dabei.«

»Bitte denken Sie daran, Direktor Kiemen gesondert einzuladen. Sonst ist er wieder ...«, murmelte Suzanne und verschluckte die letzten Worte.

Sie erhob sich, stellte Wasser für den grünen Tee auf, den sie nach dem Mittagessen trank. Fast hätte sie vergessen, dass sie die Studie zum künftigen Bedarf ökologischer Produkte bis Montag zusammenfassen musste. Während sie las, schaute sie ständig auf ihre Armbanduhr und entschied sich dafür, einen früheren Zug zu nehmen. Als sie das Büro verließ, wünschte sie allseits ein schönes Wochenende und eilte zum Bahnhof.

Auf der Heimfahrt von Bickenbach nach Frankfurt nickte sie manchmal ein. Dennoch fielen ihr die Hügel mit den kahlen Weinreben und Kirschbäumen auf. Bald würde die Kirschblüte beginnen. Endlich konnte sie diesen Winter 1993 hinter sich lassen, den ersten Winter seit Liliths Geburt, den sie ohne Viktor verbrachte.

In eines der Dörfer zwischen diesen Hügeln wären sie beinahe gezogen. Viktor hatte dort eine Pfarrstelle angeboten bekommen. Nach langen Diskussionen, zu Hause und im Freundeskreis, hatte er stattdessen die Gemeindepfarrstelle in Frankfurt angenommen. Mit welcher Hingabe sich Viktor die vergangenen zehn Jahre um seine Familie und die Gemeinde gekümmert hatte: Er predigte, taufte, beerdigte, organisierte für Mütter, deren Vorfahren einst nach Russland ausgewandert waren, zweimal wöchentlich Deutschunterricht im Gemeindehaus und für deren pubertierende Söhne Kickboxen, Judo, Filme.

Am Wochenende war er mit Lilith und Benjamin gewandert oder hatte ihnen Ausstellungen gezeigt. »Ein

3

Mustervater«, hatte ihre Freundin Irina leicht ironisch gemeint.

Und dann hatte Viktor eines Tages seine Idee mit dem Sabbatjahr verkündet. Niemand hätte das von ihm erwartet.

Bevor Viktor nach St. Petersburg gereist war, hatte ihr Irina eine ganztägige Haushaltshilfe vermittelt, die vorzüglich kochte: Tamuna aus Georgien. Nachmittags holte sie die Kinder vom Gartenhort ab, abends lernte sie Deutsch in der Volkshochschule, das sie danach mit Lilith eifrig übte. Und Tamuna brachte ihrer Tochter georgische Lieder bei.

Eines Abends hatte Lilith Suzanne mit einem Schlaflied in der fremden Sprache überrascht.

An all dies musste sie denken, während sie im Zug saß und ihre Blicke an den vorbeiziehenden Landschaften hängenblieben. Als wäre Viktor gestern erst gegangen. Dabei war er schon seit über sechs Monaten fort.

Einfahrt Frankfurter Hauptbahnhof. Suzanne band ihr helles Haar zusammen, zog die Lippen nach, puderte die Wangen und sprühte sich ein wenig Rosenwasser ins Gesicht. Sie freute sich auf den Abend mit Irina. Als der Zug stand, nahm sie ihre Tasche unter den Arm, stieg aus und drängte sich durch die Pendler zum Ausgang. Suzanne beschloss, Irina nichts von den Telefonanrufen aus Russland zu erzählen. Noch hatte sie ja nicht selbst mit dieser Dame gesprochen. Zwar arbeitete Viktor seit ungefähr zwei Monaten in Moskau. Doch warum sollten die Anrufe etwas damit zu tun haben?

Die Freundinnen hatten sich schon länger nicht gesehen. Die Räume des Literaturhauses mit den holzgetäfelten Wänden gefielen Suzanne. Von den Decken betrachteten Meerjungfrauen die täglich wechselnden Frisuren der Kellner und freuten sich darüber. Kaffee, Wein, Schokolade und Kuchen waren lecker. Abends gab es Salate, Suppe oder Reisgerichte. In diesen hohen Räumen klangen Stimmen gewichtig. Bei Lesungen knarrte, knirschte oder knackte es bedrohlich, als wollte die dunkelbraune Holzverkleidung an das Schicksal der früheren Bewohnerinnen und Bewohner erinnern. Suzanne hatte in einer Zeitschrift gelesen, dass die Eigentümerfamilie Sondheimer zunächst nach Den Haag, kurz darauf wegen der Nazibesetzung der Niederlande weiter in die USA hatte flüchten müssen. Sondheimers Töchter, die nicht zurückkehren wollten, hatten die Villa in der Bockenheimer Landstraße 102 verkauft.

Suzanne trat in den Wintergarten und entdeckte Irina sofort. Lächelnd legte diese ihre Zeitung beiseite.

»Mensch, du siehst fantastisch aus!«, sagte Suzanne.

»Schönheitsfarm in Polen. Klasse, sag ich dir. Von morgens bis abends Programm. Eine Massage nach der anderen. Eine vorzügliche Küche. Das wäre was für dich!«

»Und die Kinder?«

»Ist Viktor denn noch immer in Russland?«

»Natürlich!«

»Wollte er nicht vor einem Monat zurück sein?«

Eine internationale Konferenz in Moskau müsse er unbedingt noch vorbereiten. Tag und Nacht sitze er am PC. Deshalb habe er die Abreise verschoben, erklärte Suzanne der überraschten Freundin.

»Jetzt habe ich schon über zehn Tage lang nichts von ihm gehört«, klagte sie. Dabei wickelte sie sich eine Haarsträhne immer fester um den rechten Zeigefinger.

Beteuerte, dass sie mehrmals versucht habe, ihn anzurufen: nur Besetztzeichen. Vor zwei Tagen habe sie ihm sogar ein Fax geschickt.

»Wie geht's dir damit?«, fragte Irina.

»Ich bin erschöpft. Langsam mache ich mir auch Sorgen.«

»Haben die Kinder etwas mitbekommen?«

»Beni macht Probleme. In der Schule läuft es gut.«

Suzanne erzählte, dass er sich verkrieche und Lilith alle Briefe von Viktor sammle. Sie penibel in einen Ordner ablege und manchmal mit ihrer besten Freundin darin stöbere. »Sie vermisst ihn sehr, redet aber nicht darüber«, meinte Suzanne und fragte dann hastig: »Und du?«

»Ich bin verliebt! Janusz ist fünfzehn Jahre jünger als ich! Kannst du dir das vorstellen?«

Irina schwärmte von den grünen Augen, schwarzen Locken und dem durchtrainierten Körper ihres neuen Freundes. Er jobbe neben seinem Chemiestudium auf der Schönheitsfarm in der Nähe von Wroclaw. Ein kluger Kopf sei er. Laborerfahren. »Ein Pole. Wenn das meine Mutter wüsste!«

Irina bog sich vor Lachen, redete ohne Unterlass, wiederholte, wie toll ihre Diät, Massagen, Nächte waren, bis sie plötzlich bemerkte, dass Suzanne ihr nicht mehr zuhörte. Irina wartete einen Moment, dann wechselte sie das Thema und schlug vor, am Sonntag mit den Kindern in den Odenwald zu fahren. »Das wäre schön«, antwortete Suzanne gedankenverloren. Dann zahlte sie und umarmte Irina zum Abschied. Sie stiegen auf ihre Fahrräder und fuhren in die Märznacht. Vom Botanischen Garten strömte ein Hauch von Frühling. Es wird bestimmt alles gut, beruhigte sich Suzanne.

Im Hinterhof schloss sie ihr Fahrrad ab, öffnete die Haustür, rannte die Treppe hinauf, nahm zwischendurch zwei Stufen auf einmal bis in den dritten Stock. Eilig schloss sie die Wohnungstür auf und schlich in Benjamins Zimmer. Aufgedeckt lag er in seinem Bettchen. Zerbrechlich.

»Mein Sonnenschein!«, flüsterte Suzanne, deckte ihn behutsam zu und küsste ihn auf die Stirn. Danach ging sie ins Arbeitszimmer von Viktor, das Lilith bezogen hatte. Sie knipste die Nachttischlampe aus, gab der schlafenden Lilith einen Kuss auf die Wange: »Meine kleine Heldin.«

Als sie sich ein Glas Mineralwasser einschenken wollte, fand sie Tamunas Notiz auf dem Tisch: »Heute Morgen. Frau aus Moskau angerufen. Wollte Sie sprechen.«

Also auch hier? War Viktor doch etwas zugestoßen? Was konnte sie tun? Unsicher schritt Suzanne über die herumliegenden Kleider ins Badezimmer. Sie schminkte sich ab, dabei entdeckte sie im Spiegel neue Fältchen unter dem linken Auge. Gründlich putzte sie ihre Zähne. Nach kurzem Zögern entschied sie, ins Bett zu gehen, dort zu lesen, wobei ständiges Gähnen sie unterbrach. Schließlich löschte sie das Licht, drehte sich nach links, nach rechts, wälzte sich hin und her. Sie konnte nicht einschlafen. Sie stand auf, duschte die Füße kalt, trocknete sie ab, lief in die Küche, nahm eine Milchflasche aus dem Kühlschrank, erwärmte eine Tasse Milch in der Mikrowelle, gab ein wenig Honig dazu, rührte um und trank langsam. Dann legte sie sich wieder hin.

Ein Albtraum riss sie aus dem Schlaf: Viktor inmitten von Mönchen und leicht verhüllten jungen Frauen. Im Reigen tanzten sie. Mehrstimmig erklangen ihre weichen Stimmen, kaum hörbar. Ein Grollen, Raunen, Poltern kam von den Mönchen: ein erbarmungsloses Gebet. Suzanne hielt sich einen Nasenflügel zu, atmete durch den linken ein, durch den rechten langsam aus. Das hatte ihr bisher immer geholfen. Jetzt wirkte die Übung nicht. Im Gegenteil, sie wurde noch nervöser, warf sich ihren Kaschmirschal um, ging ins Wohnzimmer, setzte sich aufs Sofa, zog die Beine unter sich. Überlegte. Drei Uhr morgens. Um diese Zeit konnte sie weder Irina noch ihre Mutter anrufen. Sie ging im Zimmer auf und ab, dann zu ihrem Schreibtisch, zog einen Karton mit Briefen hervor, fing an, darin herumzukramen. Ein Umschlag fiel auf den Teppich. Sie hob ihn auf, öffnete ihn, las.

Tübingen, 18. Juli 1982

Mein Täubchen,
    gestern war ich mit Arno im Biergarten am Neckar. Ich erzählte ihm von Dir, dass ich Dich jetzt schon vermisse, mit Dir leben, eine Familie gründen möchte. Er scherzte: »Ausgerechnet du! Hast du nicht immer aus ›Der Tod der Familie‹ von Cooper zitiert?«
    Heute Nacht träumte ich, dass ich Dir an den Grachten entlang bis zum Hafen hinterher radele. Um die Wette wehen die langen Haare mit dem bunten Rock. Durch die weiße Bluse schimmert Deine zarte Haut! Ich habe Dir schon geschrieben, dass ich eine Vikariatsstelle suche. Die hier nehme ich nicht, bewerbe mich besser in Norddeutschland. In meine Erinnerung hat sich folgende Szene eingebrannt: Wie Du uns souverän an der Menschenschlange von Japanern, Chinesen, Russen im Van-Gogh-Museum vorbeigeführt hast. Ich habe nicht

8

gewagt, Dir später zu gestehen, wie mir der Schweiß ausbrach. Suzanne, Du hast mich vollkommen überwältigt! Meine Retterin! In Kirgistan haben wir immer in Warteschlangen gestanden. Nie wäre so was möglich gewesen. Sabotage! Chancenlos!

Ich umarme Dich, meine Mutige, und küsse Dich.

Dein Viktor

Die Buchstaben verschwammen Suzanne vor den Augen. Der Brief glitt ihr aus der Hand. Auf der Wohnzimmercouch versank sie in einen bleiernen Schlaf. Im Morgengrauen trieb sie ein Frösteln ins Bett.

»Sei still, Mama schläft noch«, flüsterte Lilith.

»Samstagmorgens darf ich aber ins Bett von Mama und Papa«, schrie Beni.

Suzanne hörte, wie die beiden stritten. Beni sauste zu ihr ins Bett, kuschelte sich in ihre Arme. Lilith kam hinterher.

»Blöde Kuh! Siehst du!«

»Was habt ihr denn?«

Sie umarmte die zwei, zog sie eng an sich, sodass sich ihre drei Nasen trafen. Beni kuschelte sich noch enger an Suzanne. »Meine Sternchen.« Die Mutter küsste beide. Beni versuchte, Lilith die Bettdecke wegzuziehen. »Hallo, mein Kleiner!« Suzanne kitzelte ihn. Er lachte und japste nach Luft. Seine Schwester drehte sich schnell um. Und schon ragten ihre Füße neben dem Gesicht des Bruders hervor. Er kraulte sie. Sie kicherten, brabbelten und lachten.

Ein Kissen wäre fast aus dem Fenster geflogen. Suzanne hatte vergessen, es in der Nacht zu schließen. Beni bewarf Lilith. Sie rannte aus dem Schlafzimmer, holte seinen Teddy und warf zurück. Niemand durfte

Benis Bär durch die Gegend werfen! Wütend griff er zum nächstliegenden Gegenstand – und schleuderte »Anna Karenina«gegen Liliths Kopf. Sie schrie, drückte sich die Hand vors Auge. »Ich sehe nichts mehr!«

Suzanne stürzte aus dem Bett, setzte Lilith auf einen Stuhl. Rund ums Auge war alles geschwollen. Sie legte ihr einen kalten Waschlappen auf, nahm sie auf den Schoß und redete beruhigend auf sie ein. Benjamin weckte Tamuna, die verschlafen und im Morgenmantel in die Küche tapste.

»Was ist los?«

»Wir müssen zur Augenklinik fahren!«

»Mein Teddybär«, sagte Beni.

»Mein Auge«, wimmerte Lilith.

»Es war ein Versehen«, beschwichtigte die Mutter. »Er hat nicht absichtlich dein Auge getroffen.«

»Es tut mir soooo leid!«, schwor Beni und wollte seine Schwester streicheln. Sie fuhr erschrocken zurück.

»Es tut mir wirklich leid. Entschuldige bitte. Entschuldige. Entschuldige!«, schniefte er.

Während sich Suzanne anzog, half Tamuna der Tochter beim Anziehen und summte ihr ein georgisches Lied vor. Langsam beruhigte sich Lilith. Suzanne rief ein Taxi, das sie zur Klinik brachte. In der Notaufnahme reichte Lilith das Versicherungskärtchen über den Tisch und beantwortete aufmerksam alle Fragen der Krankenschwester. In dem kahlen Wartezimmer standen klapprige Stühle. Suzanne erzählte ihrer Tochter von ihrem Unfall als Kind beim Apfelpflücken. Ein Ast sei hochgeschnellt und ihr direkt ins linke Auge gefahren. Lilith beobachtete den Mann gegenüber. Sein Gesicht war puterrot, die Augen blutunterlaufen. Das rechte Auge

10

schien aus der Höhle zu fallen. Sie drehte sich zu ihrer Mutter und flüsterte ihr etwas über den Mann zu. »Lilith Miller«, rief eine Krankenschwester, »bitte hier herein.«

Suzanne führte ihre Tochter in das Behandlungszimmer: vergilbte Wände, Verputz, der an der Decke Blasen warf. Die Untersuchungsgeräte kamen ihr vorsintflutlich und unhygienisch vor. Am liebsten wäre sie mit ihrem verletzten Kind wieder geflüchtet.

»Hallo Lilith, was ist dir denn passiert?« Die Augenärztin bot ihr eine kleine Tüte Gummibärchen an. Danach desinfizierte sie ihre Hände, zog Handschuhe an und begann, das Auge zu untersuchen. Sie lenkte die junge Patientin mit der Frage nach ihrem Lieblingstier ab. »Esel«, hauchte Lilith. »Ein feines Tier«, antwortete die Ärztin, hielt nun ihr Gesicht mit beiden Händen fest: »Du bist mit einem blauen Auge davongekommen. Du hast nur eine Schwellung. Die vergeht bald.«

Lilith und Susanne dankten und verließen rasch die Klinik.

»Eigentlich habe ich Katzen noch lieber. Warum habe ich eigentlich ›Esel‹ gesagt?«

»Weil du aufgeregt warst. Der Esel ist sanftmütig und beharrlich«, betonte Suzanne. Beide hüpften in Richtung Innenstadt das Mainufer entlang. Lilith kicherte und lachte.

Am Sonntagmorgen holte Irina sie wie verabredet mit ihrem alten VW-Bus ab. Beni bestand darauf, sein Rad, und seine Schwester, ihren Roller mitzunehmen. »Im Felsenmeer klettern wir doch! Was wollt ihr mit den Dingern?«, fragte Irina.

»Lass sie einfach«, rief ihr Suzanne zu. Sie verabschiedeten sich von Tamuna, die sich für ihre Musikerfreunde aus Georgien zurechtmachte. Mittags würden sie mehrstimmig auf der Zeil singen, abends musizierend durch die Kneipen tingeln. Suzanne stellte ihren Rucksack in den Kofferraum, kontrollierte, ob sich die Kinder angeschnallt hatten, und setzte sich zu Irina nach vorn.

»Hast du gehört, dass das Russkij Teatr gestern eröffnet hat?«

»Nein, wir waren bei der Notärztin.«

Suzanne erzählte vom Finale des Samstagmorgens und empörte sich über die Zustände in der Augenklinik.

»Wenn Viktor wüsste, dass er jetzt hier seinen geliebten ›Kirschgarten‹ auf Russisch sehen könnte!«

»Kannst du dich noch an seinen Spitznamen erinnern? Wie Musikerinnen, Tänzerinnen, Schauspieler aus der entschwundenen Sowjetunion mit ihrem Luther daran tüftelten, ein Russkij Teatr nach Frankfurt zu bringen?«, fragte Irina.

»Was jetzt wohl mein Luther in Moskau macht? Luther, was tust du?« Sie drehte ihren Kopf zu Irina und grinste. Auf keinen Fall sollten die Kinder mitbekommen, dass sie sich über ihren Vater lustig machten.

»Warum nannten sie ihn eigentlich Luther?«

»Vielleicht wegen seiner Grübchen?«

»Oder weil er als Pfarrer wie besessen seine Ideen vorantrieb?«

Wenn Lilith nicht jäh von hinten geschrien hätte: »Ein Reh, ein Reh! Seht ihr es?«, hätten sie noch lange über ihren Luther gewitzelt. Außer Irina, der Fahrerin, schauten alle wie auf Kommando dem Reh nach. Nach dem Ausflug setzte sich Suzanne spätabends an den PC.

Vielleicht würde Viktor ja aus Sorge um Lilith endlich antworten.

> *Mein Liebster,*
>
> *Lilith hat ein blaues Auge. Ich war mit ihr in der Uni-klinik. Sie hat mir so leidgetan, unser Engel. Zum Glück nichts Schlimmes. Ich will zu Papa, schniefte sie. Dein blöder Papa, hat Beni daraufhin geschrien. Heute waren wir mit Irina am Felsenmeer. Jetzt sind beide endlich eingeschlafen. Ich bin auch wahnsinnig müde. Gute Nacht. Bitte melde Dich endlich! Küsse,*
>
> *Deine Suzanne*

April 1994

»Der Intercity Nummer 371 aus Amsterdam fährt in Kürze ein«, schallte es aus den Lautsprechern, kurz danach auf Englisch. Beni zog Suzanne nach vorn auf den Bahnsteig. »Da kommt sie«, schrie er und lief los. Suzanne küsste ihre Mutter und nahm ihr den Koffer ab, dann trottete sie hinterher, dachte an ihren Vater und beobachtete, wie Benjamin ihrer Mutter mit ernster Miene den Arm reichte, sodass sie sich einhängen konnte. Benjamin war groß für sein Alter und seine Oma klein. Ein echter Kavalier, wie sein Opa, fiel ihr ein. Es fehlten nur der Hut und der rote Schal. Bei diesem Vergleich, der ihr zuvor nie in den Sinn gekommen war, lächelte sie. Abends, beim Wein mit Tapas, unterhielten sich Mutter und Tochter über Amsterdam, die Arbeit, die Kinder und steuerten dabei unausweichlich auf das Thema Viktor zu.

»Dreizehn Jahre lebt ihr zusammen. Habt zwei hinreißende Kinder. Du hast eine interessante Arbeit. Fing diese sonderbare Idee mit dem Sabbatjahr nicht mit den Gauklerinnen aus dem Osten an? Das war doch der Grund«, behauptete ihre Mutter. »Hat er sich vielleicht verliebt?«

Dass ihre Mutter sich einfach nicht mit Viktor abfinden konnte, wusste Suzanne. Nur der Kinder wegen überspielte sie die Abneigung gegen ihn.

»Ihr habt es doch gut hier in Bockenheim: Hort, Schule, Kindergarten. Alles in nächster Nähe: Theater, Leipziger Straße, Kino, Universität und der Botanische Garten.«

»Botanischer Garten«: Das war das Zauberwort, das Suzanne über die Tirade ihrer Mutter hinweghalf. Sie ließ sie reden und erinnerte sich an das erste Treffen mit Irina, die sich dort zwischen den Russischkursen an der Uni ausgeruht hatte. Tief versunken in die kaukasische Pflanzenwelt, hatte Irina auf einer Bank gesessen. Mit herumliegenden Steinen, Blättern und Holzstückchen hatten Lilith und Benjamin mitten in den Hügel eine Burg gebaut. Plötzlich meinte Irina, das passe ja alles herrlich zum Kaukasus. Dort gebe es eine Gegend, wo jede Familie in ihrem eigenen Turm lebe. Swanetien heiße sie. So hatte sich zwischen Suzanne und Irina ein anregendes Gespräch entspannt, während die Kinder unbeirrt ihre Festung geschmückt und mittendrin ein Pferd aus Zweigen postiert hatten. Meine erste Freundschaft in Frankfurt! Sie aus Russland und ich aus Amsterdam.

Suzanne erschien es, als erklinge irgendwo »Zar und Zimmermann«. Sie schaute sich im Restaurant um. Ihre Mutter redete immer noch. Die Musik wurde lauter. Liebespärchen erhoben sich, verließen Händchen haltend, sich küssend die Kneipe. Plötzlich bemerkte Suzanne, dass ihre Mutter sie schweigend mit einem erwartungsvollen Blick fixierte. Wie sie diesen Gesichtsausdruck hasste!

»Was hätte ich denn machen sollen? Das ging alles wahnsinnig schnell. Letzte Weihnachten fing Lilith in der Kirche an zu weinen, weil ihr Vater nicht mehr auf der Kanzel stand. Sie vermisst ihn schrecklich. Da war er schon vier Monate weg.«

Suzanne holte tief Luft, ihre Stimme wurde lauter, schrill, sie beherrschte sich, um nicht noch mehr aufzufallen. »Ich habe übrigens nicht versucht, ihn davon abzuhalten! Im Gegenteil! Seine ständige Fragerei, nächtliche Entscheidungskämpfe, über Wochen das immer gleiche Gezeter haben mich völlig aufgerieben. Eines Abends habe ich ihm die Koffer vor die Füße geknallt und geschrien: Fahr, fahr in Gottesnamen oder in welchem auch immer!«

Alle Köpfe im Lokal drehten sich zu ihnen. Suzanne traten Tränen in die Augen. Ihre Mutter biss in eine Tapa, trank Wein und verschluckte sich. Suzanne zahlte eilig, hakte ihre Mutter unter und klopfte ihr auf den Rücken. Im Nieselregen hasteten Mutter und Tochter durch die dunklen Gassen. Nur das fortdauernde Husten unterbrach ihr Schweigen.

Bevor sie zu Bett gingen, umarmte Suzanne ihre Mutter und dankte ihr, dass sie sich um Lilith und Benjamin kümmern würde, solange sie in Russland unterwegs wäre. Erschöpft sank sie anschließend auf das Sofa. Noch einmal nahm sie sich einen Brief aus dem Karton. Sie erwischte einen von 1982. Das war kurz nachdem sie Viktor in Amsterdam kennengelernt hatte.

Tübingen, 12. Mai 1982

Meine geliebte Gazelle,
wie gern möchte ich Dich jetzt in meinen Armen halten! Ich sitze gerade im Café am Marktplatz. Die Marktstände sind schon alle geräumt und eine Kehrmaschi-

ne säubert die Pflastersteine. Sie kämpft sich die Anhöhe hinauf und macht einen wahnsinnigen Lärm.

Heute habe ich meine siebte Bewerbung für mein Vikariat geschrieben. Warum will ich in diese Stadt? Was treibt mich an? Und so weiter. Am liebsten möchte ich das Bewerbungsschreiben in die Kehrmaschine werfen. Mir fällt es so schwer, mich auf Deutsch gut auszudrücken. In Kirgistan haben wir mit den Eltern und Verwandten nur Deutsch gesprochen. Ein Deutsch, das hier niemand spricht. Natürlich merkte ich das erst in Deutschland!

In Kirgistan hatten wir nur ein einziges deutsches Buch. Die Bibel. Zerfleddert, fleckig, hielt sie meine Oma in ihren zerschundenen Händen in ihrem Schaukelstuhl. Sie tat so, als lese sie darin. Dann brummte sie ein paar Worte vor sich hin und nickte ein. Verzeih, wenn ich Dich mit diesem alten Kram belästige. Jetzt weißt Du, warum meine Briefe so kurz sind. Und nimm diese Kürze bitte nie als Maßstab meiner Liebe zu Dir.

Ich umarme Dich, mein Täubchen, meine Heldin und Gazelle. Bis bald,

Dein Dir Ergebener

Im selben Umschlag fand Suzanne auch ihre Antwort.

Amsterdam, den 20. Mai 1982

Mein honigsüßer Bär,

quäle Dich bitte nicht. Deutsch ist schwierig. Meine Mutter hat uns abends vorgelesen und ständig korrigiert. Sie ist Deutsche. Mein Vater hat sie deshalb oft geneckt. Schreibe in Deinen Bewerbungen, wie Du es erlebst. Wie es sich gut für Dich anfühlt. Kein gekünsteltes Bewerbungsdeutsch! Erzähl von Deinen Erfahrungen.

18

Den Sprachen, die Du sprichst, den Musikinstrumenten, die Du spielst. Wie Du Dich in anderen Kulturen und Religionen bewegen kannst. Von den vielen Welten, die Du schon durchquert hast.

Mein süßer Bär. Du bist doch fast so viel gewandert wie Jesus! Wenn Du willst, kannst Du mir Deine Bewerbungen schicken. Ich schaue gerne drüber.

Stell Dir vor, heute wurden die Themen für die Diplomarbeiten ausgelost und ich zog das Thema »Gegenwärtige Ernährungslage in den Sowjetrepubliken«. Ist das nicht verrückt? Erst Du, mein halber Kirgise. Jetzt das Thema! Keine Ahnung, nicht den blassesten Dunst hatte ich von der Existenz dieser Länder. Dass Peter der Große sich verkleidete, bei uns als Zimmermann anheuerte, nur das habe ich mitbekommen. Viel mehr weiß ich nicht. Doch. Mein Kommilitone Gunter schwärmte mir einmal von Georgien vor: köstlicher Wein, hervorragende Fleischspieße, mehrstimmiger Gesang, großherzige Gastfreundschaft, Kapellen mit Fresken, Höhlenklöster mit uralten Deckengemälden, ein wenig Schwarzes Meer, Hochebenen, ein wenig Kaukasus, zwischendurch Weinstöcke und blühende Gärten. Alle Landschaftstypen hat er mir begeistert aufgezählt.

Miniaturkontinent: Wüste, Gebirge, Ebenen mit Schlangen, Tigern und Bären. Göttliche Frauen. Ihre Männer sagenumwobene Liebhaber im sowjetischen Reich, jede Frau beglückend, besonders Russinnen. Lermontov, der als Zehnjähriger zur Kur im Kaukasus war, beteuerte: ›Dort lernte ich die Liebe kennen und habe später nie wieder so stark geliebt, der Kaukasus ist mir heilig.‹

Natürlich hat Gunter die Legende zum Besten gegeben, wie Gott die Welt aufteilte: Die Georgier hätten wie immer getrunken, gesungen, gegessen, getanzt und ge-

liebt. Erst als sie aus ihrem Rausch erwachten, hätten sie bemerkt, was geschehen war: Alles Land war schon verteilt. Sie rannten zu Gott, bettelten, schrien, flehten ihn an, winselten um Vergebung, um wenigstens noch einen Zipfel Erde zu ergattern. Genervt von ihrem Lamentieren, und weil er ohnehin dieses Volk nicht ändern konnte, erbarmte sich Gott letzten Endes und überließ ihnen den kleinen Landstrich, den er für sich als Alterssitz reserviert hatte!

In den letzten Semesterferien lud Gunter mich sogar ein, mit in den Kaukasus zu kommen. In letzter Zeit habe ich ihn nicht mehr gesehen. Vielleicht lebt er schon auf dem göttlichen Alterssitz?

Verrückt. Plötzlich liegt ein neuer Kontinent vor uns, der auf dem Landweg zu entdecken ist. Ohne Dich hätte ich diesen weißen Flecken nie kennengelernt.

Darf ich Dir meinen Gliederungsvorschlag für die Diplomarbeit schicken? Vielleicht kannst Du Deine Mutter fragen. Sie ist ja Agronomin!

Was hältst Du eigentlich von Tango? Ich tanze so gern, am liebsten natürlich mit einem kirgisischen Bären! Wann sehen wir uns, mein Liebster?

Deine Suzanne

Als sie das Licht ausschaltete, dämmerte es bereits. Sie streckte sich auf dem Sofa aus. Die Erinnerungen an die ungelenken Zärtlichkeiten, verworrenen Gespräche, süßen Gitarrenklänge und die ersten Amsterdamer Liebesnächte wiegten sie in den Schlaf.

Ende Mai 1994

Ihre Mutter, Lilith und Benjamin winkten Suzanne lange nach. Sie zählte ihre Gepäckstücke. Ein Angestellter forderte sie auf, ihr Notebook zu öffnen. Hastig wischte sie sich die Schweißperlen von der Stirn. Zum letzten Mal war sie hier gewesen, als sie Viktor zum Flughafen gebracht hatte. Auf der anderen Seite der Sicherheitskontrolle, gestresst von der Parkplatzsuche, mit den Kindern im Schlepptau, zwischen Flughafenangestellten auf Fahrrädern und Familien, die auf kleinen E-Wagen durch das Labyrinth gefahren wurden. Sie hatte Benjamin verloren und musste ihn ausrufen lassen. Er hatte vergnügt zwischen einer großen Familie auf einem dieser Wagen gesessen. Wie lange würde sie ihre beiden Kinder nicht sehen? Mit ihrer Mutter hatte sie alles besprochen. Lilith sollte morgens die Schule und danach den Hort besuchen. Benjamin ging in die erste Klasse und würde von Tamuna nach dem Unterricht abgeholt werden.

Seit drei Wochen grübelte Suzanne schon darüber nach, wann Viktor zum ersten Mal die Idee des Sabbatjahrs erwähnt hatte. Sie putzte sich die Nase und schob dem Beamten ihren Pass über den Schalter. Als sich Viktor auf die Reise vorbereitet hatte, hatten sie wenig miteinander gesprochen. Beim Telefonieren hatte sie ihn öfter das Wort ›Einsatz‹ sagen hören. »Warum redest du immer von einem Einsatz?«, hatte sie ihn gefragt.

»So nennen das internationale Organisationen eben«, hatte er geraunt.

Wenn Lilith ihn fragte, was er dort machen wolle, antwortete er, dass er nach Russland fahren würde, um dort Freunde zu treffen. Er zeigte ihr Bilder von goldenen Zwiebeltürmen im Schnee und versprach, dass sie ihn bald besuchen könnten. Ihre hellblauen Augen verfinsterten sich. Viktor hatte fast geweint, als er sie in die Arme nahm, ihren Kopf festhielt und über das weiche Haar streichelte.

Suzanne erinnerte sich, dass ihre Schwiegermutter Anna, wenn sie zusammen unterwegs gewesen waren, immer wieder beteuert hatte, wie ähnlich Lilith ihm sei. Auch sie würde alles schnell entdecken. Anna hatte erzählt, wie er als kleiner Junge in Kirgistan seine Umgebung beobachtet habe. Seine Lieblinge seien die Pferde gewesen. Nach der Schule sei er zu ihnen auf die Wiese gerannt, habe sich unter sie gelegt. Einmal sei er sogar auf der Wiese eingeschlafen. Nie sei ihm etwas passiert. Eines Tages sei er verzweifelt nach Hause gestürmt, weil sich ein Fohlen verletzt habe und er ihm nicht helfen konnte.

Anna hatte recht, dachte Suzanne. Wenn sie gemeinsam spazieren gingen, entdeckte ihre Tochter den hinkenden Hund oder die Katze, die am Ohr blutete. Sie fragte, warum der Mann am Main in den Mülltonnen wühle oder auf der Parkbank schlafe. Wenn sie nach Hause kamen, lief sie in ihr Zimmer, malte Bilder, schrieb ihre Kommentare dazu und versteckte den Zeichenblock.

Als Suzanne ins Flugzeug trat, ihre Tasche verstaute und sich in den Sitz fallen ließ, hörte sie von hinten ein Seufzen, drehte sich um und sah einen Priester, der sich vor dem Start bekreuzigte. Neben ihr saß ein Pärchen, das ständig flüsterte. Sie nahm den dicken Briefumschlag, den Irina ihr übergeben hatte: »1991, Leningrader Notizen«. Es handelte sich um den Augenzeugenbericht einer Slawistik-Studentin, die während ihrer ersten Sprachreise in den Augustputsch geraten war. Das war jetzt drei Jahre her.

»Mich berühren diese Aufzeichnungen immer wieder«, hatte Irina betont. Die Ereignisse seien von der Studentin absolut präzise dargestellt worden.

Irina hatte ihr erzählt, wie sie im August 1991 bis tief in die Nächte zu Tausenden auf dem Leningrader Schlossplatz für Freiheit und Demokratie gekämpft hatten. Sich die Stimmen aus dem Hals geschrien hatten. Wie sie vergessen hatten, zu essen, weil sie über die Zukunft diskutierten, sie bunt ausschmückten und italienische, französische, englische Befreiungslieder sangen. Und wie schnell dann deutlich wurde, dass die Hoffnung auf Freiheit und Demokratie in Russland nur eine Illusion gewesen war. Deshalb habe sie sich entschieden, auszuwandern.

»Erinnerst du dich an den Anruf von Viktor im letzten Oktober? Als er spät in der Nacht völlig aufgelöst vom zweiten Putsch und den Erschießungen im Parlament berichtete?«

»Natürlich.«

»Hier das Foto von Hayk, mit Telefonnummer und Adresse in Moskau. Er kümmert sich um dich! Er war mein bester Freund in der alten Heimat.«

Zum Abschied hatten sie sich umarmt.

23

»Ihr werdet Viktor bestimmt bald finden«, hatte Irina ihr nachgerufen.

Suzanne öffnete den Umschlag und las:

LENINGRADER NOTIZEN

für Irina Lischowski, Dozentin der Goethe-Universität Frankfurt. Zu Ehren Ihrer Geburtsstadt, Leningrad.

von Ihrer Studentin Sandra Babel

Leningrad, 19. August 1991

Heute wurde Gorbatschow abgesetzt und niemand weiß, wo er sich aufhält. Die Familie, bei der ich wohne, ist bestürzt. Bedrückt erzählen sie, wie es in den letzten Jahren wirtschaftlich bergab ging. Die Öffnung des Landes sei eine Hoffnung gewesen. Jetzt greife wieder die Furcht vor Verfolgung und Diktatur um sich, sagt Sascha. »Die Neuen, das sind die Uralten«, schimpft er. »Den Massen wird jetzt erzählt, es gebe keine andere Lösung und morgen seien die Regale in den Geschäften aufgefüllt.«

»Um den Kreml stehen Panzer«, ruft ein Schweizer durchs Telefon. Seine Tochter ist zu einem Sprachkurs gereist.

»Wo ist sie?«, fragt er aufgeregt.

»Sie ist in Moskau«, antwortet Lara.

Schweigen.

Dann schreit er los: »Wie soll sie denn aus dieser Hölle herauskommen?«

Als Ausländerin habe sie nichts zu befürchten, versucht ihn Lara zu beruhigen. Er besteht darauf, dass er stündlich anrufen kann. Doch bereits bei unserem Versuch, nach Moskau zu telefonieren, wird klar, dass dies sein letztes Telefonat gewesen ist, denn die Leitungen sind alle tot.

An der Tür klingelt es. Die Nachbarin stürzt herein, ob wir schon gehört hätten, was in Moskau passiert sei.

<u>*Leningrad, 20. August 1991*</u>

Aus dem Radio dröhnt, dass zweihunderttausend Menschen gegen den Putsch vor dem Winterpalais demonstrieren. Sobtschak, Leningrads Bürgermeister, spricht sich dort gegen die ›Usurpation‹ aus und kündigt an, dass Leningrad bereit sei, sich zu verteidigen. Er verurteilt das Vorgehen der neuen Machthaber. Vertreter der größten Betriebe protestieren lautstark gegen die Putschisten. Die Marine bezieht Stellung auf der Newa. Jelzin stellt den neuen Machthabern ein Ultimatum von drei Tagen. Innerhalb dieser Frist soll der Gesundheitszustand Gorbatschows untersucht werden. Am Nachmittag gehen wir ins Zentrum. Jetzt ist der Platz vor dem Winterpalais menschenleer. Die Straßenhändler packen ihre Ware zusammen. Menschenschlangen stehen vor den Geschäften. Viele halten sich Kofferradios dicht ans Ohr.

»Komm, wir versuchen ein Telegramm nach Deutschland zu schicken«, sagt Lara. Doch das Postamt ist überfüllt. »Vielleicht beim Hotel Astoria.«

Dort drängt sich eine Reisegruppe aus Spanien an der Rezeption. Die Japaner seien bereits abgereist. Gestern seien sie erst angekommen, erzählt eine junge Spanierin. »Jetzt wollen wir sofort weg, aber wie?«

Wieder zu Hause. Fernseher, Radio und alle reden gleichzeitig. Das ›Staatskomitee für den Ausnahmezustand in der UdSSR‹ gibt seine Stellungnahme ab. Sechs Monate, bis sich die Lage stabilisiert habe, so lange

werde das Staatskomitee die Regierungsgeschäfte über-
nehmen. Jemand berichtet, dass in den baltischen Län-
dern der Bürgerkrieg ausgebrochen sei. Es gebe Straßen-
kämpfe und Tote. Wie damals im Januar, als zwanzig
Menschen bei der Besetzung des Fernsehturms in Li-
tauen umgekommen waren. In Moskau bauen sie Barri-
kaden. Wie ein Lauffeuer verbreiten sich Gerüchte und
werden zu Nachrichten. Alle sprechen von Bürgerkrieg
und decken sich mit Lebensmitteln ein. Sascha hat Ben-
zin besorgt. Die sechs Kanister lagert er auf dem Bal-
kon. Nach den Nachrichten geht er dorthin, um Zigaret-
ten zu rauchen. Bürgerkrieg in der Stadt oder Explosion
auf dem Balkon? Im Moment weiß ich nicht, wovor ich
mich mehr fürchten soll. Am Abend hält Sobtschak er-
neut eine Rede: »Bis jetzt ist das Militär nicht in unsere
Stadt eingedrungen. Wir Leningrader haben alles unter
Kontrolle, bleiben Sie ruhig, gehen Sie zur Arbeit. Die
Putschisten wollen die gewählten Sowjets absetzen. Das
lassen wir nicht zu.« Überall im Land gebe es Demons-
trationen. Binnen der nächsten vierundzwanzig Stun-
den werde ein internationales Ärzteteam Gorbatschow
untersuchen.

»Wollen Sie die Putschisten oder die gewählten Ver-
treter? Sie haben die Wahl! Heute stellt sich die Macht-
frage. Die Marine ist bereit. Das Volk ist bereit. Wir al-
le, unsere Frauen, unsere Männer und unsere Kinder,
müssen heute unser Schicksal in die Hand nehmen. Mit
Disziplin und Vorsicht müssen wir unsere gemeinsame
Sache verteidigen. Wir sind keine Sklaven mehr. Diese
Putschisten wollen uns heute dazu machen. Leningrad
bleibt eine Bastion der Freiheit. Wir wehren uns. Wir
wissen, dass Panzer vor Leningrad stehen. Sie warten
auf den Befehl und auf die Luftwaffe. Ab sofort unter-
stelle ich alle militärischen Kräfte Jelzin.«

Welche Rolle spielt die Stadt Leningrad in der Ge-
schichte Russlands? Einst mit Enthusiasmus und Opfer-
bereitschaft erbaut. Das Venedig des Ostens. Ist sie die
dynamische und fortschrittliche? Vielleicht geben Histo-
riker später die Antwort und stellen fest, dass es nicht
Jelzin, sondern Sobtschak war, der zuerst eindeutig rea-
giert hat. Und wieder wird der alte Streit entbrennen,
welche die rechtmäßige Hauptstadt sei. Nach dieser Re-
de vertreibt die Selbstsicherheit für kurze Zeit die Un-
gewissheit. Sascha entkorkt eine Flasche: »Wir sind be-
reit!«

Suzanne sah von ihrer Lektüre auf.

»Bitte schnallen Sie sich an! Es kann zu leichten Tur-
bulenzen kommen.«

Das passte ja! Ob sich der Priester wieder bekreuzigte? Sollte man das auf dieser Reise nicht ständig tun?
Ihr gingen viele Fragen durch den Kopf, als sie über den
Bericht nachdachte. Seltsamerweise musste sie dabei an
ihren Schwiegervater denken, den sie nur aus Erzählun-
gen kannte, weil er zwei Jahre nach der Übersiedlung
nach Deutschland gestorben war. Irritiert blickte sie um
sich. Neben ihr hatte das Liebespaar aufgehört zu knut-
schen und der Priester sich zu bekreuzigen. Alle waren
eingeschlafen. Sie las weiter.

Leningrad, 21. August 1991

Nach diesen Nächten habe ich das Gefühl, als sei
ich mitten in ein gigantisches Theaterspektakel geraten.
Inszenierungen, Ereignisse, Träume. Vorgestern bekam
ich Angst, uns alle in den Gulag-Lagern wiederzu-
finden. Heute, nach nächtelangem Fernseh-, Rede- und
Wodkarausch, frage ich mich, ob Gorbatschow vielleicht

das Volk aufrütteln und die internationale Reaktion tes-
ten wollte? Alles ist in Bewegung. Plan-, Schachspiel.
Oder wie der chirurgische Eingriff der USA im Irak?
Zarismus, Stalinismus, die Gräuel des Zweiten Welt-
kriegs, real existierender Sozialismus? Die Perestroika
scheint vom Himmel gefallen zu sein. Die Nomenklatur
orientiert sich rasch um. Die Intellektuellen sind inzwi-
schen enttäuscht. Viele kehren dem Land den Rücken
und suchen die Freiheit weit von der Heimat entfernt.
Morgen wird Gorbatschow sprechen. Ist das zweite
Experiment im großen Labor des Homo surrealicus im
20. Jahrhundert gescheitert? Viele Fragen spuken mir
im Kopf herum. Nachts lassen sie mich nicht schlafen.

Leningrad, 22. August 1991

Gorbatschow lebt. Die Lage scheint sich zu beru-
higen. Gestern Abend sahen wir noch Bilder von den
nächtlichen Ereignissen im russischen Parlament. Al-
le sind bewaffnet und bereit, sich zu verteidigen. In-
zwischen sind die Putschisten verhaftet. Noch traut nie-
mand dem Frieden. Sascha meint, das sei nur der erste
Akt gewesen. Deshalb sind alle hier auch noch sehr an-
gespannt. Die Erschütterungen der letzten Tage sitzen
tief und es reißen alte Wunden auf. Dieser Herbst wer-
de schrecklich, dass der Westen zwar die Politik Gor-
batschows begrüßt hat, aber nie unterstützt, erklärt mir
Sascha. Vor Kurzem habe er noch auf dem Treffen der
sieben Mächtigen um Unterstützung gebeten. Vergeblich.
Er komme mit leeren Taschen nach Hause zurück, aber
Deutschland ist vereint, platzt es aus Sascha heraus. Le-
ningrad ist ruhig. Paare, Alte und Kinder sonnen sich
auf den Bänken, lauschen der Blasmusik. Pugov, seine
widerliche Fresse hat den Bildschirm in den vergange-

nen Tagen beherrscht, habe sich die Kugel gegeben, heißt es. »Jelzin hat mich gerettet. Ohne seinen Einsatz hätte ich Selbstmord begehen müssen«, sagt Gorbatschow auf der angekündigten Pressekonferenz. Nie hätte er die Forderungen der Putschisten erfüllen können. Bleich und mit schwacher Stimme bekennt er zum Schluss: »Ich habe viele Fehler gemacht. Denjenigen, die putschten und mich verschleppten, habe ich zur Macht verholfen.« Das ewige Motto: die Geister, die ich rief.

Die Unruhe der letzten Tage hielt mich davon ab, die Menschen und ihre Umgebung hier genauer zu beschreiben. Das Hochhaus, in dem ich lebe, das ich bisher kaum verlassen habe, steht in einer maroden Trabantenstadt. Gleich in der Nähe liegt ein See mit neu erbauten Villen, gepflegten Rassehunden und schwarz glänzenden BMWs.

Nachmittags habe ich meine Freundin Olga in der Stadt besucht. Später hat sie mich mit dem Taxi nach Hause gebracht. Ich habe hinter dem Fahrer gesessen und bemerkt, dass er nur mit den Händen auf einer extra Vorrichtung Kupplung und Bremse bedient hat. Ihm fehlen beide Beine. Für das eine Bein habe er vom sowjetischen Staat eine Wohnung erhalten, für das andere ein Auto. Glück habe er, schließlich sei er nicht verrückt geworden. Habe noch beide Hände. Während der ganzen Fahrt hat er vom Afghanistankrieg erzählt. Olga hat keinen Ton gesagt. Nachdem wir bezahlt hatten, hat er die Rockmusik wieder voll aufgedreht und ist zum nächsten Kunden gerast. Ich bin müde: Kein Fernsehen, kein Radio, keine Gerüchte, keine Menschen mehr sehen, das ist mein einziger Wunsch.

Abendsonne, der Fluss schlängelt sich an alten Holzhäusern entlang. Am Ufer wechseln sich Kiefern mit Birken ab. Stille. Die Stimmen, Schreie und Seufzer der vergangenen Tage hallen in meinem Kopf wider. Sie wollen fliehen, aber finden keinen Weg. Medientaumel oder Medienterror? Ich erinnere mich an Umberto Eco, der zum Golfkrieg in einem Interview sagte, dass unsere Zeitgeschichte vor allem den Medien zu verdanken sei. Und möchte man auch allabendlich angesichts der Bilder, die pünktlich ins Wohnzimmer dringen, noch Schmerz, Freude oder Trauer empfinden, so sei das unmöglich. Krieg für die Medien oder Medienkrieg? Wer ist Täter, wer ist Opfer?

Die Azteken opferten Menschen. Sie rissen die Herzen heraus und legten sie in reich verzierte Gefäße. Unsere Zeit zerfetzt in Sekundenschnelle dreihunderttausend Menschenleben im Irak. Ihre Herzen sind nicht zu orten. Sie finden niemals Ruhe. Drei junge Männer wurden in Moskau getötet. Trauerzüge, den ganzen Tag über Trauerzüge. Wieder Helden? Tote Helden? Der Tod als Heldenmacher. Es gibt Abendessen.

Leningrad, 27. August 1991

Heute hat mir Lara erzählt, dass sie fünf Jahre Berufsverbot hinter sich hat, weil ihr Vater Jude ist. Momentan unterrichtet sie an einer Hochschule für Optik und Lasertechnik. Ihre Mutter, eine Germanistikprofessorin, die Lara schon als Kind Deutsch beibrachte, kommt aus Estland. Lara ist inzwischen öfter in Deutschland und überlegt, ob sie nicht besser dorthin auswandern soll. Ihrer Tochter wegen, die an Asthma

leidet. Dann erklärt sie leise, dass im Gulag noch die
Lichter brennen.

Suzanne überprüfte ihren Gurt. Normalerweise vertrieb sie ihre Angst vor dem Abheben mit dem Raten von Alter, Herkunft und Beruf der anderen Passagiere. Heute machte sie das vor der Landung. Sie blätterte in den Aufzeichnungen vor und zurück. Was war das mit dem Gulag? Ihr dämmerte, dass sie fast nichts von Russland wusste. Was sie aus den Darstellungen von Viktor und Irina erfahren hatte, kam ihr jetzt belanglos vor. Am liebsten wäre sie auf der Stelle umgekehrt.

»Herzlich willkommen in Moskau! Wir danken Ihnen für den Flug mit uns, wünschen Ihnen einen schönen Aufenthalt und begrüßen Sie gerne wieder an Bord«, flötete die Flugbegleiterin.

Menschenschlangen standen vor den Kabinen. Eingeschlossen darin Grenzsoldaten mit starren, stummen, blassen Mienen. Schlangen vor den scheppernden, ächzenden Bändern, auf denen sich Plastiksäcke türmten. Wie kann ich hier jemals meinen Koffer finden, fragte sich Suzanne. Taschen, Koffer, Bündel drehten, wendeten, bogen sich auf den Bändern, während ihre Besitzer den Zollbeamten laut palavernd etwas in die Hosentasche zauberten. Wie auf Befehl zogen alle Passagiere ihre Gepäckstücke herunter, verschwanden hinter den grünen Männern. Endlich entdeckte Suzanne ihren gelben Koffer. Sie steckte ihre Haare noch rasch hoch. Danach folgte sie mit ihrem Koffer einem der hochbeladenen Karren bis zum Ausgang.

Hayk, Irinas alten Freund, erkannte sie sofort und lächelte über das Schild mit ihrem Namen. Sie begrüßte ihn erleichtert. Er küsste sie auf die Wangen. Nach dem zweiten Mal zog sie ihren Kopf zurück und stieß an seine Nase. »Bei uns drei Mal«, lachte er. »Hatten Sie einen guten Flug?«

»Ja, danke.«

Suzanne fingerte nervös in ihrer Handtasche herum. Mit der anderen Hand zog sie ihren Koffer. »Erlauben Sie?« Hayk nahm ihren Koffer und bedeutete ihr mit der Begründung, dass momentan Kanaldeckel knapp seien, sich bitte bei ihm unterzuhaken. Er sprach Deutsch mit einem leichten Akzent.

»Wie schön! Was für ein tolles Rot!«, rief Suzanne, als sie am Auto ankamen. Er schmunzelte und hielt ihr die Beifahrertür auf, bevor er die Koffer hinten verstaute. Ein Freund habe ihm das Auto geliehen. Dann malte er die Legende rund um den russischen Fiat-Deal aus: nächtelanges Festbankett mit endlosen Trinksprüchen. Fiat hätte zwar 1964 dank Palmiro Togliatti, dem alten Kommunisten, den Zuschlag für den Bau eines Autowerkes in Russland erhalten. Entscheidend sei allerdings gewesen, dass die Italiener bis morgens durchgefeiert hätten und nicht wie die anderen westlichen Mitbewerber früh zu Bett gegangen seien, um morgens gleich die erste Maschine nach Paris oder Berlin zu nehmen. Am nächsten Morgen hätten die russischen Unterhändler nur noch die Italiener im Hotelfoyer angetroffen. Zum sechzigsten Geburtstag der UdSSR seien dann drei Millionen rote Schiguli als Lizenzautos von Fiat von den Bändern gerollt.

»Der schlaue Adenauer hat auch gewusst, dass man bei uns trinkfest sein muss.«

Vor den Verhandlungen 1955 in Moskau habe Adenauer seiner Delegation die Einnahme von Olivenöl verordnet. Die zähen Verhandlungen mit viel Wodka tagsüber seien von einer Abendeinladung zu Romeo und Julia im Bolschoitheater gekrönt worden. Ohne eine Spur von Trunkenheit oder Müdigkeit hätten die deutschen Diplomaten diese Überraschung ihres Gastgebers auf sich genommen und sich hellauf begeistert über die Aufführung gezeigt. Am nächsten Tag habe Adenauer, fuhr Hayk fort, dank seiner interkulturellen Fertigkeiten, wie man heute sagen würde, Zehntausende von deutschen Kriegsgefangenen nach Bonn mitnehmen dürfen.

Suzanne schwirrte der Kopf. Zuerst die Leningrader Notizen. Jetzt noch diese ganzen Geschichten. Zu viel für einen Tag, wollte Suzanne gerne bemerken, aber sie schwieg. Ihr fielen die riesigen Werbeplakate für Marlboro und Cola auf. Sie säumten die Chaussee von Flughafen in die Stadt. Dazwischen hingen Plakate mit Männerporträts.

»Sind hier Wahlen?«

»Der mit dem runden Kopf«, Hayk zeigte auf eines der Wahlkampfplakate, »das ist Luschkow. Seine Frau ist die neue Patin von Moskau. An ihr kommt keiner vorbei.« Er wechselte geschickt auf die linke Fahrbahn, bog in eine kleine Gasse ab und hielt an einem Tor. Er hupte drei Mal. Ein krummbeiniger Alter eilte herbei, öffnete das schwarze Eisentor und verbeugte sich. »Ein Tadschike, der hier mit seiner Familie im Keller wohnt. Diese Häuser rundherum sind von Stalin eigens für seine Künstlerinnen und Schauspieler gebaut worden. Nun sind sie betagt und bekommen kaum Rente. Gewöhnlich vermieten sie ihre Wohnung an Ausländer oder reiche Russen und ziehen auf ihre Datscha.«

»Wozu die hohen Gitter?«

»Mit dem Elend wuchsen über Nacht hohe Zäune. Das ist für uns auch neu. Haben Sie nicht vor dem Tor den Alten mit der Plastiktüte gesehen? Früher haben tagsüber die Obdachlosen im Hof gezecht, sich an den Bäumen erleichtert und nachts unter ihnen geschlafen. Das ist jetzt vorbei. Übrigens sind diese Häuser hier sehr beliebt: dicke Backsteinwände, hohe Räume, doppelte Fenster. Nicht wie die Wohnsilos unter Breschnew.«

Suzanne erschrak, als sie das Scheppern des Aufzugs hörte. »Ich gehe lieber zu Fuß.« Sie stieg die Treppen hoch. Tanja, eine Bekannte von Hayk, die Irina einmal kurz erwähnt hatte, lehnte in der Tür, begrüßte sie und bat sie in die Wohnung. Hayk stellte den Koffer ab: lautes Hundegebell. »Haben Sie Angst vor Hunden?«, fragte sie Suzanne. »Vorsicht! Männer mag er nicht.« Und schon stürzte sich der Terrier auf Hayk.

Sie tranken Tee und aßen Gebäck in der Küche. Tanja erzählte, dass sie als Deutschdozentin an der Militärakademie arbeitete. Einst ein sehr beliebter Arbeitsplatz, weil für professionelle Verschwiegenheit mehr gezahlt wurde. Inzwischen müsse sie jedoch privat unterrichten. Wenn ihre Tochter unterwegs sei, vermiete sie deren Zimmer. So kamen beide einigermaßen über die Runden. Die Lage ihrer Wohnung war perfekt. Je näher die Metro, umso gewinnbringender. Hayk und Suzanne verabredeten sich für den nächsten Tag. Tanja zeigte ihr das kleine Zimmer: brauner Diwan, brauner kleiner Schreibtisch, brauner breiter Kleiderschrank, braune lange Übergardinen und Fotos mit braunen Pyramiden

34

an der Wand. Tanja schlug ihrer Besucherin vor, später ein wenig mit dem Terrier spazieren zu gehen, dann könnte sie ihr noch die Metro, das Thälmann-Denkmal, Markt und Park zeigen. Suzanne ging in ihr Zimmer, holte Kaffee, Schokolade, Wein, Rilke für die Tochter und überreichte die Gastgeschenke. Tanja blickte aufs Etikett. »Mein geliebter Wein aus dem Rheingau. Danke!« Sie küsste Suzanne vor Freude auf die Wange. Persönliche Herzenswärme, Großzügigkeit, Ungezwungenheit im privaten Raum im Gegensatz zum harschen Umgang im gesamten öffentlichen Raum: Behörden, Fabriken und Kirchen. Während das Gemeinwesen zerfalle, werde das Eigene gehegt: Kind, Auto, Wohnung. Darüber hatte ihr Viktor öfter geschrieben. Suzanne ertappte sich dabei, wie sie sich innerlich mit ihm unterhielt.

Am Eingang der Metro erklärte Tanja Suzanne, wo sie Metrojetons kaufen könne und wie sie diese einwerfen müsse, damit die Absperrung sich schnell öffne. Alle hätten es immer eilig. Nach dem Abendessen entschuldigte sich Suzanne, um sich schlafen zu legen. Nachts um ein Uhr wurde sie von Tanja geweckt, die ihr das Telefon reichte. »Hallo Suzanne. Hoffentlich störe ich Sie nicht! Sollen wir uns um zwölf an der Majakowskaja Station treffen?«

»So spät rufen Sie an?«

»Nachts fangen wir erst an zu leben«, scherzte Hayk. Er sagte, dass sie zuerst in einen kleinen Park in der Nähe des Hauses, in dem Michail Bulgakow gelebt habe, gehen könnten.

»Ja, gerne! Ich habe leider bisher nichts von ihm gelesen.«

Sie entsann sich, dass Irina ihr von Hayks literarischen Spaziergängen durch Moskau vorgeschwärmt hatte.

»Beim Mittagessen am Arbat besprechen wir dann die nächsten Tage.«

Mit einem Mal war Suzanne hellwach. Schon am Flughafen hatte sie ihm deutlich machen wollen, dass sie ihre Kinder nur zehn Tage mit ihrer Großmutter allein lassen konnte. Mit diesen Spaziergängen würde sie Zeit verlieren. Das hätte sie Hayk jetzt am liebsten entgegnet.

Sie würde einige Briefe von Viktor zur Verabredung mitnehmen, so hatte sie es mit Irina besprochen, zumal Suzanne Hayk unbedingt darüber informieren musste, weshalb sie zuerst nach Moskau gekommen war. Denn von hier aus hatte Viktor sie zum letzten Mal angerufen! Eine Woche danach hatte sie die dubiosen Anrufe dieser Dame erhalten, zuerst im Büro, dann zu Hause.

»Also bis dann, gute Nacht!«

»Gute Nacht.«

Sie legte den Telefonhörer auf und stellte den Apparat zurück auf den Flur. Ihr Herz pochte heftig.

»Schlafen Sie gut«, rief Tanja ihr aus der Küche zu.

Sie ging zurück in ihr Zimmer, hob die blickdichte braune Gardine leicht an, schaute aus dem Fenster und sah, dass überall noch viel Licht brannte. Wann schliefen die Moskauer eigentlich? Vorsichtig zog sie den Vorhang zu. Bevor sie sich wieder hinlegte, fiel ihr Blick erneut auf die Pyramiden an der Wand.

Beim Frühstück erfuhr Suzanne, dass Tanjas Eltern im gleichen Block nebenan wohnten. Die Mutter, eine gefeierte Schauspielerin, hatte auf den besten Bühnen der Sowjetunion gespielt und der Vater als Geologe den Suezkanal mitgebaut. Suzanne verstaute die Briefe, die ihr Viktor vom Herbst 1993 bis zum Frühjahr 1994 geschrieben hatte, warf ihren Mantel über, obgleich Tanja meinte, dass es nicht regne, übte den Türcode nochmals ein und ging zur Metro. Sie fuhr zur Majakowskaja Station, wo Hayk sie erwartete.

»Wir besuchen Haus Nr. 50 in der Sadowaja. Ist das in Ordnung?«

Hayk erzählte von Bulgakow, dass er stundenlang durch das Moskau der zwanziger und dreißiger Jahre gestreift war und alles, wirklich alles, was ihm über den Weg gelaufen war, notiert hatte. »Den Stoff, besser gesagt, diese Diagnose der damaligen Gesellschaft«, präzisierte Hayk, habe der studierte Mediziner aus Kiew zu »Notizen einer Stadt« verarbeitet. »Er sah den aufziehenden Terror und schilderte die stalinistische Atmosphäre genau. Ein Prophet!«

Sie schlenderten an einem kleinen Teich vorbei. Suzanne hörte Hayks Literaturvorlesungen eher abwesend zu. Manchmal unterbrach sie ihn, fragte nach, was ihn anspornte, noch weiter auszuholen. Eine Weile gingen sie so nebeneinander. Sie nickte, zuckte von Zeit zu Zeit mit den Achseln, während er gestikulierte, um seinen Worten mehr Nachdruck zu verleihen. Suzanne bemerkte, dass manche Ältere auf den Bänken sie griesgrämig musterten. Als fragten sie sich, was diese komischen Gestalten, vermutlich Ausländer, seit Kurzem hier suchten. Sie erreichten einen Boulevard. Glänzende schwarze Wolgas. Rote Ladas. Dazwischen überfuhren brandneue Mercedes und BMW rote Ampeln. »Das sind unsere neuen Herrscher! Früher war die Straße nach Gorki benannt. Vor Kurzem erhielt sie einen neuen Namen. Jetzt heißt sie wieder Tverskaja. Heute zeigen uns die Touristen mit ihren neusten Stadtplänen, wo wir uns befinden. Nicht nur die Straßennamen haben sich geändert.«

Suzanne nahm die bissigen Bemerkungen wahr und dachte an die Briefe von Viktor. Die Folgen des gegenwärtigen Niedergangs, hatte er geschrieben, würden viele Russen mit denen des Zweiten Weltkrieges vergleichen. Auch Irina bestätigte das. Dass ihr Mann mitten in diesem Chaos lebte, erfuhr, wie Menschen sich tagtäglich irgendwie durchschlagen mussten, bestürzte sie. Als habe er ihre Verunsicherung gespürt, fasste Hayk ihre Hand und führte sie zügig an den pompös dekorierten Schaufenstern vorbei. »Na rabotu! Na rabotu!« Sie sollten sich an die Arbeit machen.

Im Artistitscheskoe Café in der Kamergerskij Gasse bestellten sie Tee mit Gebäck. Hayk zog einen kleinen Block und einen Kugelschreiber aus der Innentasche seines Jacketts. »Haben Sie die Unterlagen?« Sie reichte ihm die Briefe.

»Soll ich sie Ihnen nicht besser kurz zusammenfassen?«

»Nein. Ich lese sie lieber im Original«, antwortete er.

»Das sind die ersten Briefe von Viktor aus St. Petersburg. Und dies ist der letzte aus Moskau. Nach dem Anruf gestern Nacht habe ich sie schnell herausgesucht.«

»Es war schon heute, weil ich Sie nach Mitternacht angerufen habe«, bemerkte Hayk, schob seinen Notizblock zur Seite und vertiefte sich in die Papiere.

St. Petersburg, den 18. August 1993

Meine liebste, meine klügste Heldin,
ich vermisse Euch fürchterlich. Natürlich darf ich nicht jammern, ich weiß, ich wollte es ja unbedingt so. Jetzt wohne ich statt bei Euch bei einem älteren Ehepaar, Nana und Ilja, im dritten Stock eines Wohnblocks. Fünfundzwanzig Minuten mit der Metro in die Innenstadt. An der Metrostation Ozerki (See) gibt es alles zu kaufen, beispielsweise Hühner, die auf Balkonen ihre Eier legen, weil die Datschen zu weit entfernt sind. Alle Fabriken sind stillgelegt. Niemand erhält Lohn. Krankenhäuser ersticken im Kot. Arbeiter, Angestellte, Ärzte, Professoren gehen weiterhin in ihre Fabriken, Büros, Kliniken, Schulen, Institute, Universitäten. Abends treffen sie ausgehungert auf Hungrige zu Hause. Frauen stehen mit Eiern, einem Strauß Petersilie an der Metrostation. Alles spielt sich dort ab, alles findest du: Jemanden, der für zwanzig Dollar foltert, tötet oder was auch immer.
Alteingesessene ziehen auf ihre Datscha, vermieten ihre Wohnungen an Ausländer, um die Uni für ihre Kinder zu finanzieren, Tante oder Großmutter durchzubringen. Um die Männer muss sich zum Glück niemand mehr kümmern. Sie sterben gegenwärtig noch jünger, noch schneller: an Alkohol, Krieg, Mafia. Addition oder Multiplikation! Das Land wurde über Nacht zum größten Marktplatz der Welt. Alles wird verkauft. Geschäftsleute aus Europa, Japan und den USA feilschen am Wochenende um Rubinohrringe für die Gattinnen, alte Ikonen für den Weinkeller oder Gemälde fürs Wohnzimmer. Kinder betteln auf den Straßen, schlafen

in Verschlägen, Bunkern oder graben sich Höhlen un-
ter Brücken. Abends schnüffeln sie an Klebstoff. Kriegs-
gewinnler gibt es immer. Hier: Parteiangehörige, Tech-
nokraten, Geheimdienstler, Basarköniginnen, Bordell-
kaiserinnen, internationale Geschäftsleute, Berater aller
Couleur. Wer weiß, wer noch?

Wie mein Treppenhaus aussieht: Auswurf, je nach
Bronchienbefund. Es stinkt. Der Müll zwischen den
Wohneinheiten. Die Essensreste legen sie neben den Ab-
fallschacht. Ilja hat mir erklärt, das sei für die obdach-
losen Menschen. Wie Tiere holen sie es nachts.

Gestern bin ich spät zurückgekehrt. Ein Kind hat mit
einer Katze um die Reste gestritten. Meine Fenster sind
unterteilt. Über den beiden langen Flügeln sind zwei
Fensterchen angebracht. Meistens bleiben sie geöffnet,
weil die Heizungen nicht zu regulieren sind. Aus dem
Fenster blicke ich auf eine prächtige Birke. Ihre Blätter
färben sich täglich gelber.

Der Sommer geht zu Ende.

Meine Liebste, ich küsse, umarme Dich, sehne mich,
während ich Dir diese Zeilen schreibe, nach Dir.

Dein wahnsinniger Gatte

Suzanne beobachtete Hayk, während er las. Er ver-
zog keine Miene. Zwischendurch machte er sich ein
paar Notizen.

Mein orthodoxes Experiment

Ich habe zum ersten Mal nach orthodoxer Vorschrift
vierzig Tage vor Ostern gefastet. Kein Fleisch, keine
Milchprodukte, keinen Alkohol. Wahrscheinlich habe
ich nur als Kind mehr Brei gegessen. Grieß, Hirse, Ha-
fer, Buchweizen. In dieser Fastenzeit fühlte ich mich
Gott so nah wie nie zuvor. Waren es der tägliche Brei

*und das wiederholte Fastengebet von Ephraim dem Sy-
rer, fragte ich mich, wenn meine Euphorie schwächer
wurde.*

Herr und Gebieter meines Lebens
Gib mir nicht den Geist des Müßiggangs,
Des Kleinmuts, der Herrschsucht
Oder der leeren Worte.
Verleih mir, deinem Knecht,
Den Geist der Keuschheit, der Demut,
Der Geduld und der Liebe.
Ja, Herr, mein König,
Lass mich meine Fehler erkennen,
Und lass mich nicht richten meinen Bruder,
Denn du bist gepriesen von Ewigkeit zu Ewigkeit.
Amen.

*Mir gefallen besonders die Verse, bei denen es um
Kleinmut, Herrschsucht, Geduld und Liebe geht; alle
diese Worte sind im Russischen und im Deutschen fe-
minin. Welches Geschlecht sie wohl in der Sprache Ephraim des Syrers hatten? In welcher Stimmung hatte er
wohl das Gebet niedergeschrieben?*

*Während der vierzigtägigen Fastenzeit besuche ich
jeden Tag eine andere Kirche. Es heißt, die Orthodoxie
vereine alle Künste: die Musik, die Architektur und das
Gebet. Diese Verschmelzung sei die Quelle der Frömmig-
keit, deren wichtigstes Gebot lautet, dem eigenen Willen zu entsagen, in Hingabe, Gehorsam zu arbeiten und
zu beten. Die architektonischen Meisterwerke liegen an
dem viereinhalb Kilometer langen Newski-Prospekt: die
blau-weiße armenische Katharinenkirche, die katholi-
sche Kirche der Heiligen alexandrinischen Katharina,
die lutherische Petrikirche und die berühmte 72 Meter*

hohe orthodoxe Kasaner Kathedrale. Sie werden momentan alle renoviert. Innen ist die Petrikirche angenehm hell. Sie wurde 1710 in St. Petersburg erbaut und 1962 zum Schwimmbad umfunktioniert. Auch andere Kirchen blieben von diesen Umgestaltungen nicht verschont. Momentan lassen sich die Menschen hier massenhaft orthodox taufen. Priester, die als Melker oder Bergleute arbeiteten oder vorher als Atomphysiker in geschlossenen Städten im Ural: Sie alle scharen viele Neugläubige um sich. Einige erhalten internationale Stipendien und studieren Theologie in Münster, Tübingen oder Rom.

Ich habe eine Ordensschwester kennengelernt, die vorher als Schauspielerin auf der Bühne stand. Ihre Oberin arbeitete als Regisseurin. Sie alle wurden erleuchtet: Manchen hat sich Gott nachts im Schlaf offenbart, wieder anderen beim Spaziergang in Birkenwäldchen oder beim Schwimmen im eiskalten Februarwasser der Newa. Fresken, Ikonen, wandelnde Kutten, aufsteigender Weihrauch, keine Predigt, nur ein Diakon, der über der vergoldeten Bibel schwebt und ihre Seiten umblättert. Eine Farbenpracht. Voll Inbrunst üben Täuflinge alle rituellen Handlungen aus. Diese Gottesdienste scheinen ihre Erweckungserlebnisse zu festigen. Diese andächtige Hingebung habe ich bisher nur während der quasi rituellen Handlungen in der Banja beobachtet. Tausende junge, alte, frisch gesegnete Lippen pressen sich auf Ikonen. Bunte Kopftücher mit Miniröcken, in Pelzmänteln, auf Stöckelschuhen stehen stundenlang neben nassen Pantoffeln in verschlissenen Mänteln, entzünden Kerzen. Andere huschen vorbei, als inspizierten sie Auslagen, bekreuzigen sich hastig, gehen. Zänkische Bettlerinnen und Betrunkene säumen immer die Wege zur Kirche.

Die Religionszugehörigkeit ist ethnisch: Russen sind orthodox und Deutsche lutherisch. Sie sind bereits weitgehend der Einladung der deutschen Regierung gefolgt und nach Deutschland ausgewandert. Oder warten in der Kaliningrader Region, dem einstigen Königsberg, dem Geburtsort Kants, wo der Himmel gleichsam an der Erde klebt, auf ihre Ausreise. Der jüdische Glaube wurde im sowjetischen Pass als ethnisch erfasst. Wer eine Jüdin oder ein Jude war, konnte nicht zugleich Russe sein. Anfang der 1990er Jahre sind sie zu Tausenden auf dem schnellsten Weg nach Nordamerika, nach Israel und Deutschland emigriert. In ihren ehemaligen Wohnungen in der Puschkinskaja leben jetzt Regierungsberater aus den USA. Sie wickeln die gesamte Industrie im Namen der sogenannten Rüstungskonversion ab.

Alle Fabriken stehen in Leningrad, das nach dem Putsch in St. Petersburg umbenannt wurde, still. Alle Arbeiterinnen, Angestellten und Ingenieurinnen verloren über Nacht ihre Arbeit. Auch der Exodus der jüdischen Bevölkerung bedeutet einen empfindlichen Verlust für Wirtschaft und Gesellschaft. Ihre Sonntagsschulen waren berühmt für ihr umfangreiches Bildungsangebot und die kulturelle Erziehung. Allerdings war ein Aufstieg bis ganz oben auf der Karriereleiter für eine Jüdin oder einen Juden unmöglich. Als stellvertretende Industrie-, Universitäts- oder Institutsleitende waren sie hingegen hochwillkommen, weil ihre Professionalität und Bildung gefragt waren. Tataren, die Nachfahren von Dschingis Khan, sind muslimisch. Sie besuchen wieder ihre alte Moschee mitten in St. Petersburg, deren Lapislazulikuppeln prächtige Mosaike im Inneren erwarten lassen. Bis heute wirkt das Trauma der Eroberung in der russischen Seele nach. ›Schwarze‹, wie die Russen die Völker im Kaukasus oder in Zentralasi-

en nennen, sind in der Mehrheit ebenfalls muslimisch.
Die ersten Christen sind allerdings die Armenier. Oder
die Georgier? Beide weisen so eindringlich darauf hin,
als wären sie bereits vor der Geburt Jesu Christen gewe-
sen. Katholiken sind Nachfahren von Polen oder russi-
sche Intellektuelle.

Vor einiger Zeit ging ich bei einer orthodoxen Pfle-
geschule vorbei, die von einer evangelischen Gemein-
de aus Tübingen unterstützt wird. Zwei Priester lehn-
ten an der Eingangstür. Einen davon kannte ich. Der
andere deutete gerade erregt auf sein Herz und versi-
cherte, hier hätten die Protestanten nichts. Kein Herz.
Wahrhaftig, kein Herz. Nichts. Er wollte es beschwö-
ren. Mein Bekannter bedeutete ihm, dass sich dies nicht
zieme. Als ich mich näherte, begrüßte er mich erfreut,
stellte mich seinem Priesterbruder vor und informierte
ihn, wer der Pflegeschule gottgefällig hilft. Sie umarmten
mich beide. Wäre ich katholisch gewesen, hätte ich dann
ein Herz gehabt? Vielleicht ein mephistophelisches, weil
katholisch zu sein für die orthodoxen Brüder noch ver-
werflicher ist. Heute Nacht hat mich die Madonna von
Kasan zum Tango aufgefordert. Schweißgebadet wachte
ich auf, weil sie mir ihre Liebe gestand.

Hayk hob den Kopf und schaute Suzanne in die Augen. »Wann genau ist Viktor nach Moskau gekommen?«

»Das weiß ich nicht. Anfang des Jahres«, antwortete
sie.

»Hier, in den Aufzeichnungen über die Fastenzeit«,
Hayk deutete auf die entsprechende Stelle im Text, »ist
von St. Petersburg die Rede. Es kann sich nur um das
Osterfasten in diesem Jahr handeln! Sie sagten, dass er
im Herbst 1993 nach St. Petersburg gereist sei. Hat er im

44

Frühjahr nicht längst in Moskau gearbeitet? Ist er öfter nach St. Petersburg gereist?«

»Leider weiß ich das auch nicht genau«, erklärte Suzanne.

Sie fror, zitterte, wollte es verbergen, versteckte ihre Hände unterm Tisch. Zu wenig Schlaf, zu viele Ungewissheiten. Hayk bestellte etwas zu essen, nahm seinen Notizblock und skizzierte eine Zeitleiste.

»Wann kam Viktor in St. Petersburg an? Wie lange war er dort?«

Suzanne nannte sein Abreisedatum in Frankfurt. »Wie lange er sich genau in St. Petersburg aufgehalten hat, kann ich nicht sagen.«

Er nahm sich den ersten Brief aus St. Petersburg und ergänzte die Zeitleiste mit den Daten, Ereignissen, die er dort gelesen hatte. Danach fragte er nochmals nach Viktors Alter, der Größe, dem Aussehen, einem besonderen Merkmal. Suzanne hatte ihm doch bereits ein Foto von Viktor gezeigt. Doch Hayk, ganz Journalist, beharrte auf seinen Fragen. Meist kämen wichtige Merkmale und Ereignisse erst nach mehrmaligem Nachfragen zum Vorschein, bekräftigte er. »Recherche ist wichtig und lästig. Ich weiß! Diese Routine endet in Russland häufig tödlich«, erklärte er nüchtern und notierte weiter.

»Warum?« Sie schaute ihn fragend an.

»Regierende und Business mögen kritische Fragen von Journalisten nicht.«

»Warum?«

»Sie sind die Wahrheitsmacher!«

Die Kellnerin brachte Ucha, eine dampfende Fischsuppe, stellte sie vorsichtig auf den Tisch und wünschte guten Appetit. Sie aßen und schwiegen. Während sie ihm die letzten Briefe übergab, erinnerte sich Suzanne daran, dass sie beim ersten Öffnen daheim den Kopf geschüttelt hatte: Viktor hatte die Blätter vier Mal zusammengefaltet. Dazu die winzige, ganz veränderte Handschrift. Sie konnte seine Notizen nur schwer entziffern. Wohin war Viktor nur geraten?

Sie dachte an die Stimmung alter Westernfilme: gegerbte Visagen, bärtige Trinker, blonde Engel. Schon wieder das Zwacken links in der Brust. Verstohlen streckte sie ihre Arme unter den Tisch. Ihr Arzt hatte sie bei der letzten Untersuchung mit den immer gleichen Fragen behelligt: dumpf, schneidend, beengend? Verschrieb ihr dann Tabletten, die sie im Frankfurter Kühlschrank vergessen hatte. Kein Wunder, wenn man die Kinder zurückließ, um den Ehemann in einem wildfremden Land zu suchen!

Jäh fiel ihr ein, dass sie gestern vergessen hatte, zu Hause anzurufen. Verstohlen zog sie ihre Arme unter dem Tisch hervor. Hayk schien ihre Unruhe zum Glück nicht zu bemerken. Er las konzentriert weiter.

Moskau, April 1994

Liebste Suzanne,
wie geht es Euch? Ich schließe hier noch einige Sachen ab, bereite noch eine Konferenz vor und dann komme ich sofort. Dann bin ich endlich wieder bei Euch. Gott sei Dank! Lies dieses Fax Lilith und Benjamin bitte nicht vor.

Ich lebe jetzt ja schon eine Weile in Moskau. Mein Büro liegt mitten in der Stadt. Die Adresse vom Stift habe ich Dir ja schon gemailt. Eigentlich wollte ich Dich nicht belasten. Bitte mach Dir keine Sorgen! Ich helfe nur

Erleuchteten. Verzeih mir! Während ich Dir diese Zeilen schreibe, überfällt mich eine unendliche Sehnsucht nach Euch! Ich schicke Dir gleich noch Zeichnungen und Fotos für meine beiden Schätzchen, die mir wahnsinnig fehlen. Außerdem habe ich Dir noch einige Seiten aus meinem Tagebuch kopiert und lege sie Dir dazu.

✎

Zweistöckige Häuser mit chinesischen und türkischen Leuchtreklamen säumen die Gassen. Dazwischen überdimensionale Werbeposter: französische Düfte und deutsche Limousinen, türkische Baufirmen, daneben Kasinos, Varietés und Bars en masse. In einem unendlichen Passagenlabyrinth unter der Erde lande ich auf der Suche nach Obst in einem Videoladen. Sie unterhöhlen hier komplett die Altstadt. Eine Verkäuferin zeigt mir den Weg zum Markt, der mich an der lutherischen Kirche vorbeiführt, die direkt neben dem KGB-Gebäude, der Lubjanka, liegt. Finstere Typen stehen herum. Auch diese Kirche wird renoviert. Fabriken und Kolchosen kollabieren. Kirchen und Märkte boomen. Otto Matzik baut für seinen Autokonzern aus Bayern die Repräsentanz bei Moskau auf. Beim Empfang in der Botschaft hat er deutschen Geschäftsleuten veranschaulicht, wie die Märkte, die überall wie Pilze aus dem Boden schießen, funktionieren. Erklärt, wer die neuen Geschäftsleute sind. Dass Lehrerinnen, Professorinnen, Ingenieure zwar an Schulen, Instituten und Universitäten weiterarbeiteten, aber kein Gehalt erhielten. Zwischendurch flögen sie nach Dubai oder Istanbul, kauften Zahnpasta, Dessous, Elektrogeräte. Die Ware verstauten sie in riesigen Plastiktaschen, deklarierten sie beim Flugha-

fenzoll in Moskau als privates Gepäck. Natürlich kassierten die Beamten ihre Provision. »Sie betreiben hier die ursprüngliche Akkumulation. Und das im ehemaligen Labor Lenins. Doch jetzt gehört es uns.«

Otto Matzik prostet den Versammelten zu. »Auf geht's! Na rabotu, an die Arbeit!«

Später stellt er mir Nadja Ivanova, eine gutaussehende Ingenieurin, als persönliche Beraterin vor. Dabei streicht er sich über die Glatze. Danach den Bauch. Seine blauen Glubschaugen beginnen zu funkeln.

🖋

Letzte Nacht hat die Miliz mit Jeeps und Motorrädern meine Straße versperrt. Im frischen Schnee habe ich ein schwarzes Rinnsal gesehen und dann einen Körper am Boden entdeckt. Aus allen Richtungen habe ich Schreie gehört. In diesem Tohuwabohu habe ich kein Wort verstanden. Bis ein älterer Herr mir erklärt hat, dass dies der siebte Ermordete innerhalb eines Monats hier in der Gegend sei. »Hundert Abgeordnete haben sie Anfang Oktober im Parlament abgeschlachtet. Und täglich haben wir ein Blutbad auf den Straßen. Unsere neue Regierung!«, hat er geseufzt und ist davongeschlichen.

Suzanne, niemand weiß, wie es hier weitergeht. Das flächengrößte Imperium im freien Fall! Ständig schweife ich ab. Verzeih! Sorge Dich bitte nicht!

Ich umarme, küsse Dich zwei Nächte lang,
Dein zerstreuter Bär

Suzanne beobachtete die Kellnerinnen, die im Café saßen. Sie betrachteten ihre Fingernägel, tuschelten, lachten über die unwillkommenen Gäste. Das schummrige Licht mitten am hellen Tag irritierte Suzanne.

»Wie treffend Ihr Mann die Atmosphäre hier be-schreibt! Respekt! Kannte er Moskau von früher?«, frag-te Hayk.

Eine Weile überlegte sie. »Vielleicht! Er hat aber nur von Kirgistan erzählt. Nie von Russland.«

Sie sah ihn an und fragte sich, ob er bemerkte, dass sie die Nachfrage verunsicherte.

»Am vernünftigsten ist es, Sie reden zuerst mit der Oberin der orthodoxen Schwesternschaft in der Stadt-mitte. Dort hatte Viktor sein Büro.«

»Ja«, antwortete Suzanne folgsam, zog ihren Stadt-plan aus der Tasche und legte ihn auf den Tisch. Um die Straße zu suchen, neigten sie sich über den aufgefalte-ten Plan, dabei berührten sich ihre Köpfe leicht.

»Schau, das ist gleich vor dem Tretjakow Museum. Du fährst von Tanja aus direkt mit der Metro dorthin.«

Dass Hayk zum »Du« wechselte, hörte Suzanne zwar, doch sie reagierte nicht.

»Keiner weiß, weshalb die ältere Schwester der letz-ten Zarin 1905, sie stammte aus Hessen, auf die Idee kam, verstümmelte, verdreckte Soldaten mitten in Mos-kau aufzupäppeln. Alle schwärmten doch von ihrer außergewöhnlichen Schönheit! Manche besangen sie. Künstler verzweifelten an ihrem Porträt. Sie scheiterten daran, ihren Liebreiz auf die Leinwand zu bringen. Heu-te kursieren Gerüchte, dass Elisabeths Ehemann Sergei homosexuell gewesen sei.«

Hayk berichtete von den jüngsten Entwicklungen der orthodoxen Schwesternschaft und den sogenann-ten Liquidatoren: Ingenieure, Feuerwehrleute, Kata-strophenexperten, die angeblich freiwillig die Kern-schmelze in Tschernobyl 1986 einzudämmen versuchten. Heute spendeten die wenigen Überlebenden der Katastrophe für den Wiederaufbau der Gebäude.

»Warum?«

»Aus Dankbarkeit, dass sie den Gau in Tschernobyl überlebten. Viele erkrankten danach schwer. Die meisten von ihnen sind bereits verstorben.«

Dass Irina ihr einen Journalisten vermittelt hatte, fand Suzanne inzwischen hilfreich. Seine Erläuterungen halfen ihr, die aufsteigende Beklemmung zu zerstreuen. Verlegen wischte sie Krümel vom Tisch. Nochmals sprachen sie die verschiedenen Orte durch, die Viktor in den Briefen genannt hatte, um die Routen für die kommenden zwei Wochen abzustimmen. Danach notierte sie die Metrostationen. Beim Verlassen des Cafés entschuldigte sich Hayk dafür, dass er Suzanne nicht an jeden Ort begleiten könne.

An einem öffentlichen Fernsprecher verabredete Suzanne ein Treffen mit der Sekretärin der Schwesternschaft, die fließend Englisch sprach, für den frühen Nachmittag. Menschenmassen schoben Suzanne in den unterirdischen Metrogängen an Bettlern, alten Frauen mit Petersiliensträußchen in der Hand und Strumpfhosenauslagen, Kassettenläden und Videobuden vorbei. Sie atmete flach, weil sie den Gestank von Knoblauch, Desinfektionsmittel, Abgasen nicht ertrug, und lief eilig die Treppen hoch. Hustend kam sie in einem Labyrinth von verglasten Kiosken an. Dass Hayk ausgerechnet heute eine Redaktionssitzung leiten musste!

»Gde Ordynka 34?«, fragte sie unsicher, während sie die kyrillischen Buchstaben entzifferte. In der weit entfernten Küche in Bockenheim, nachdem die Kinder im Bett waren, hatte Irina ihr die unbekannten Buchstaben aufgemalt. »Ne znaju«, antwortete die Passantin harsch. Suzanne lavierte an den mit Rosen bestückten Glasbuden vorbei, entdeckte das Straßenschild, buchstabierte: Bolschaja Ordynka. Geradeaus zeigte ein Schild zum Tretjakow Museum. Da rauschte eine schwarze Limousine um die Ecke. Im letzten Moment wich sie aus. Knapp! Haaresbreite! Verdammt! Gestern hatte Hayk ihr die wichtigsten Mobilitätsregeln erklärt. Erstens: Traue niemals einer grünen Ampel! Zweitens: Passiere die Straße nur inmitten Einheimischer! Drittens: Halte nie die Eingangstür zur Metro auf! Sie hatte diese Hinweise gehorsam wiederholt. Rasch fädelte sie sich zum Überqueren zwischen fünf Fußgängerinnen ein. Niedrige Häuser. Manche waren nur auf einem Stockwerk frisch gestrichen. Eine ältere Frau kehrte den Gehweg. Dabei verscheuchte sie streunende Hunde. Suzanne entdeckte die Apotheke, trat durchs Tor. Im Hof erkannte sie das Gebäude. Viktor hatte ihr vor vier Monaten Fotos davon geschickt. Links eine runde Kapelle, in der Restauratoren arbeiteten, die hinausgeworfen werden sollten, das hatte er auch erwähnt. Rechts vor der Poliklinik harrten Leute in Warteschlangen aus: rauchten, spuckten, schimpften. Suzanne näherte sich dem Haus in der Mitte. Davor standen ein uralter Kanonenofen und zwei funkelnagelneue BMW mit abgedunkelten Fensterscheiben. Sie hörte Kinderstimmen, klopfte an die Tür, ein Mann mit fahlem Gesicht und matten Augen öffnete ihr, zeigte wortlos zur Treppe, auf der ein schmächtiges Mädchen mit weißem Häubchen nach oben hüpfte. Es roch nach Kartoffeln, Marmelade, Lauge. Jede Treppenstufe strömte einen eigenen Geruch aus: süßlich, schimmelig, vergoren. Sie versuchte, die Gerüche zuzuordnen: feuchte Holzwände, altes Linoleum, abgestandener Sauerteig, aufgewärmte Kohlsuppe, pampiger Pudding. Mit den ersten Sonnenstrahlen im Jahr schienen alle Wände, Mäntel, Stiefel gleichzeitig auszudünsten.

»Dobryi den.« Versunken in ihre Geruchsverortung hörte sie eine Stimme: »Seien Sie gegrüßt! Deutsch spreche ich leider nicht«, sagte die Oberin laut. Sogleich stellte sie ihre Übersetzerin, Nina, vor, eine Linguistikstudentin, die im Kloster ehrenamtlich Deutsch unterrichte. Die Oberin ließ Suppe und Pfannkuchen mit Marmelade kredenzen, zeigte aus dem Fenster. »Da lag sein Büro. Sie sehen ja, dass das Gebäude momentan renoviert wird. Viktor aß öfter bei uns. Donnerstagnachmittags hat er den älteren Mädchen Klavierstunden gegeben. Lara, die begabteste, vermisst ihn sehr.«

Suzanne schluckte, dachte an Lilith. Wie würde sie reagieren, wenn sie ihr das erzählte? »Die Kinder liebten ihn. Haben sie die Autos unten gesehen? Als Viktor hier arbeitete, standen noch mehr davon herum. Ihn besuchten Direktoren von Krankenhäusern, Bischöfe, Apotheker. Keine Ahnung, was sie von ihm wollten.«

Die Oberin ermunterte sie, einen Teelöffel von Varenje, einer flüssigen Beerenmarmelade, in den Tee zu rühren. Suzanne versuchte, ihr Alter zu schätzen. Als erfasste die Alte den Gedanken, erzählte sie, dass sie aus der sibirischen Provinz komme und Journalistik und Geschichte studiert habe. Bis vor Kurzem habe sie noch als Journalistin in Moskau gearbeitet.

»Bei meinem allerersten Sonntagsspaziergang als junge Studentin in Moskau entdeckte ich unsere Kapelle. Sie faszinierte mich sofort. Ich schwor, eines Tages hierher zurückzukehren. Nun ist endlich die Zeit gekommen!«

Hektisch wischte sie mit einem roten Taschentuch über ihr rundes Gesicht, die faltenfreie Stirn, die das schwarze Kopftuch betonte. Aus ihren grauen Augen kullerten zwei Tränen. »Unsere Regierung interessiert sich nicht für die Dorfbevölkerung.«

Plötzlich sagte die Oberin auf Deutsch: »Alle Fräulein kommen aus den Dörfern.«

Sie spricht doch Deutsch, dachte Suzanne. Nach dem kurzen Fräuleinintermezzo dolmetschte die Studentin den Monolog der Oberin weiter. »Töchter überlassen ihren Eltern die Kinder, um in den Städten zu arbeiten. Früher gab es in unseren Dörfern alles: Arbeit, Schulen, Polytechnikum, Polikliniken. Einfach alles! Heute sind es Ruinen! Kein Strom. Kein Trinkwasser. Zerfallene Ställe. Geplünderte Speicher. Wo einst Schweine grunzten, Schafe blökten, Ochsen brüllten, ist heute alles verwüstet. Dachpfannen, Trecker, Saatgut verschwinden über Nacht. Auf den Märkten verschachern sie Land und Leute. Männer verkaufen eine Niere, weil sie sonst ihre Familien nicht ernähren können. Auch ein neues Business! Von Kischinau sind es nur zwei Flugstunden nach Westeuropa. Dort warten sie auf unsere Armutsnieren und verkaufen sie fürs Zigfache. Arbeitslose Enkel verzocken oder versaufen die Rente ihrer Großmütter. Junge Frauen geraten in die Hände internationaler Menschenhändler. Sie verschleppen sie in die Türkei oder nach Arabien: Trafficking. Ein globales Business, das uns entdeckt hat.«

Eine echte Journalistin, in der Tat, bemerkte Suzanne. Wie sollte sie auf diesen Redefluss reagieren? Mehrmals setzte sie an, um nach Viktor zu fragen. Wo er jetzt sei? Ob er Freunde habe? Wo er wohne? Wollte dieser Frau von Lilith, Benjamin, die ihren Papa heftig herbeisehnten, erzählen. Doch ohne Atem zu holen, redete die Oberin weiter. Nina, die Dolmetscherin, schien den Vortrag auswendig zu kennen, deshalb spulte sie ihn so schnell auf Deutsch ab. Sie haben wegen der deutschen Gründerin, die zum russisch-orthodoxen Glauben konvertierte, oft Besuch aus Deutschland, vermutete Suzanne.

»Gestern hat mich eine Studentin aus der Region Omsk besucht. Meine alte Heimat! Sie hat mir Grüße von ihren Eltern ausgerichtet. Strahlend erzählte sie, dass sie für ein Jahr zu einer Familie nach Deutschland fahre. Ahnungslose Fräulein. An ihnen verdienen: Polizeibeamte, Passbeamte, Grenzbeamte, Politiker, Juristen, Verwandte, Brüder. Eine verlorene Generation!«

Drei Stunden saß Suzanne in diesem Salon: dunkle, zusammengewürfelte Möbel, braune, speckige Samtgardinen, die das Tageslicht schluckten. Ein Piano, auf dem angeblich schon die Großfürstin aus Hessen gespielt hatte. Die Schülerinnen trugen abwechselnd deutsche Kinderlieder und Gedichte vor. Dazwischen boten die jüngsten Mädchen mit weißen Häubchen Tee und Gebäck mit Marmelade an. Sie zeigten alte Fotos mit einer bleichen Elisabeth beim Pflegen von Soldaten: Beten, Füttern, Vorsingen. Dann breitete die Oberin die Umbaupläne für das Stift aus und bat um Rat. Welch ein Manöver! Suzanne fühlte sich vom Redeschwall erschlagen. Wie sollte sie jetzt noch nach Viktor fragen? Langsam öffnete sie den Mund und setzte an. Ihre Stimme versagte. Die Oberin schaute über ihre Brillenränder und beteuerte, dass ihre Mädchen die besten Kranken-pflegeschulen Moskaus besuchten. »Sie werden echte deutsche Diakonissinnen.«

Fünf Jahre müssten sie mildtätig dienen. Danach könnten sie sich entscheiden, anderswo zu arbeiten oder zu bleiben. »In Tschetschenien gibt es viele Soldaten zu pflegen. Viktor wollte uns helfen.«

»Wie bitte?«, rief Suzanne verwundert.

»Wussten Sie nicht, dass er im Auftrag des Außenamts unserer Kirche Medikamente in Genf bestellte? Er kontrollierte den Wareneingang und die Verteilung, erstellte und prüfte die Listen und führte Verhandlungen zwischen Genf und Moskau.«

Schwerfällig erhob sich die Oberin, umarmte Suzanne, segnete sie hastig: »Vera, Nadeschda, Ljubov! Glaube, Hoffnung, Liebe für Lilith, Benjamin und Sie.«

Akzentfrei betonte sie diese Worte, überreichte der verzagten Besucherin eine handliche Ikone von Elisaveta Fjodorovna, einst Prinzessin aus dem Hause Hessen Darmstadt und Enkelin von Königin Viktoria: »Sie möge Sie schützen!«

Erst als die Tür hinter ihr zufiel, bemerkte Suzanne, dass es bereits dämmerte. Sie riss das Kopftuch herunter, das Hayk ihr für den Besuch der Schwesternschaft empfohlen hatte. Medikamente aus Genf? Tschetschenienkrieg? Streifte ihr Mann womöglich als Wanderprediger in diesem lädierten Imperium herum? Unzählige Fragen schossen ihr durch den Kopf. Litt Viktor womöglich an Wahnvorstellungen? Wo konnte sie nur den Vater ihrer Kinder finden? Fragen, verworrene, verwegene Gedanken stürzten auf sie ein. Ihr linkes Augenlid zuckte. Verwundert stellte sie fest, dass sie sich auf dem Bürgersteig befand. Sie drehte sich um, warf einen letzten Blick durch den Torbogen auf das Gebäude der Schwesternschaft. Weder Licht noch Geräusche drangen aus den Fenstern. Eine gespenstige Finsternis hielt es umschlungen. Verzweifelt flimmerte eine Laterne.

»Entschuldigen Sie bitte.« Erst jetzt bemerkte Suzanne den jungen Mann. Schlank, hochgewachsen, große Nase, die der Schein der Straßenlampe, unter der beide stehen blieben, unterstrich.

»Wer sind Sie?«

»Sascha. Ich habe hier mit Viktor gearbeitet«, antwortete er in gebrochenem Englisch. »Lassen Sie uns bitte weitergehen.«

Schnell und leise sprach er. Sascha schilderte, dass sie gemeinsam für die Überprüfung der Zuteilung von Arzneimitteln gegen Tuberkulose, Diphtherie, Hepatitis B, zunehmend auch HIV verantwortlich gewesen seien. Eine internationale Organisation spendete die Medikamente. Klerikale Strukturen erschienen ihnen eher vertrauenswürdig. Die Verteilung der Medikamente sollte deshalb die Zentrale der russisch-orthodoxen Kirche übernehmen. Natürlich sei die Korruption in Russland für Genf kein Geheimnis gewesen.

Suzanne unterbrach seinen Redefluss: »Und wie kam die russisch-orthodoxe Kirche gerade auf Viktor?«

»Er beriet in St. Petersburg NGOs, erstellte Datenbanken, Finanzberichte, teilweise für EU-Projekte. Eines Tages kontaktierte ihn jemand aus der Zentrale.«

»In St. Petersburg?«

»Dort lebte er doch zuvor.«

»Wissen Sie, wann er hierher umzog?«

»Leider nein. Wir haben uns erst hier kennengelernt. Er brauchte Unterstützung. Genf forderte transparente Finanzberichte. Viktor blätterte nächtelang die Papiere durch. Ein einziges Chaos! Er überprüfte jede Abrechnung auf ihre Richtigkeit. Герой социалистичекого труда!«

»Ich verstehe kein Russisch.«

»Das heißt: Held der sozialistischen Arbeit.«

Suzanne kniff die Augen zusammen. Was sollte dieser Ausdruck bedeuten?

»Das war eine besondere Auszeichnung. In den früheren Zeiten.«

Sascha erklärte, was es damit auf sich hatte, und für einen Augenblick entspannte sich das Gespräch. Doch Suzanne musste weiterfragen: »Wann trafen Sie Viktor zum ersten Mal?«

»Nach meinem letzten Examen, im Februar.«

Saschas linker Arm zuckte in einem unregelmäßigen Rhythmus. Er versuchte, die nervöse Reaktion zu unterdrücken, und zog am Ärmel seines Blousons. Dann fuhr er fort: »Viktor ist ein feiner Kerl! Ich habe eine Menge von ihm gelernt.«

In den letzten Monaten seien sie Tag und Nacht unterwegs gewesen: im Ural, an der Wolga, in Nordwestrussland. Überall prüften sie kirchliche, staatliche und nichtstaatliche Einrichtungen. Eines Tages sei Viktor wutentbrannt aus St. Petersburg zurückgekehrt. Er habe in zwei Krankenhäusern und einer NGO herausgefunden, dass eine große Menge von Medikamenten verschwunden sei. Weitere Unterschlagungen habe er bereits in Moskau entdeckt, woraufhin sie nochmals sämtliche Dokumente durchgegangen seien. Der Verdacht erhärtete sich. Eine Woche später habe ihn die zuständige Abteilung in die russisch-orthodoxe Zentrale zitiert.

»Beim Abschied sagte er, dass er einige Dokumente entweder bei Priester Pavel oder Nana in St. Petersburg hinterlegen werde.«

Sascha reichte ihr einen Zettel. »Danach habe ich ihn nicht mehr gesehen. Ich arbeite weiter in seinem Büro.«

Suzanne betrachtete die kyrillischen Buchstaben auf dem Papier.

»Ich habe Sie sofort erkannt«, sagte Sascha. »Einmal hat er mir Familienfotos gezeigt. Dabei kam er mir traurig vor.«

Sascha zögerte einen Moment, dann fuhr er fort: »Außerdem hat er stark abgenommen.«

«Sagen Sie bitte: Von alldem ahnte die Oberin nichts?«, fragte Suzanne.

Er räusperte sich, strich sich nervös über die Nasenflügel. »Die Oberin hortete für den Einsatz in Tschetschenien eine Menge Medikamente.«

»Eine zwielichtige Figur, nicht wahr?«, meinte Suzanne, ohne eine Antwort zu erwarten.

Schweigend liefen sie Richtung Metroeingang. Sascha begleitete sie bis zur Kontrollschranke und empfahl ihr, in den ersten Waggon zu steigen: Er hielte direkt am Ausgang ihrer Station Aeroport. Sie verabredeten ein Treffen für den nächsten Tag um elf Uhr am Tschechow-Theater.

»In dieser Gegend eröffnen täglich neue Cafés.«

»Kann ich einen Freund mitbringen?«, fragte Suzanne.

»Ist er ein Freund von Viktor?«, erkundigte sich Sascha vorsichtig.

»Hayk ist der beste Freund meiner Freundin Irina. Einer Russin, die inzwischen in Frankfurt lebt.«

Zum Glück fand Suzanne sofort einen Sitzplatz. Sie schlug ihr Notizbuch auf, notierte, wen sie getroffen hatte: warum, wie, wo, was. Beschrieb den Gesprächsverlauf und besondere Charakteristika. Hayk hatte ihr eingeschärft, auf jedes Detail zu achten. Ein sympathischer Mann, dieser Sascha, dachte Suzanne. Fast hätte sie beim Schreiben ihre Haltestelle verpasst.

Auf dem Nachhauseweg ging Suzanne beschwingt am Thälmanndenkmal vorbei. Tanja hatte es ihr als Orientierungshilfe empfohlen, weil sie annahm, sie wüsste, wer Thälmann war. Suzanne sagte ihr lieber nicht, dass sie noch nie von ihm gehört hatte. Der Terrier kündigte ihr Kommen lautstark an. Tanja öffnete die Wohnungstür, begrüßte sie erfreut und lud sie zum Abendessen ein. Suzanne ging ins Bad und wusch sich die Hände.

※

Vertieft ins Gespräch, bemerkten Hayk und Sascha nicht, dass Suzanne schon eine Weile hinter ihnen stand. Dabei schnappte sie einige Worte auf: Pavel, medikamenti, Botkin. Mehr verstand sie nicht. Als sie Suzanne bemerkten, sprangen beide gleichzeitig auf. »Hallo! Danke, dass Sie gekommen sind«, begrüßte Suzanne die beiden Männer.

Erleichtert, dass sie sich auf Anhieb verstanden, nahm sie Platz und sie setzten das Gespräch auf Englisch fort. Sascha hatte nur wenig Zeit. Er sei nachts darüber informiert worden, dass der Erzbischof von Wolgograd nach Moskau unterwegs sei.

»Übrigens kennt er Ihren Mann«, bemerkte er.

»Ich habe schon alles mit Sascha besprochen und notiert. Allzeit zu deiner Verfügung«, scherzte Hayk.

»Darf ich Sie begleiten?«, fragte Suzanne spontan.

»Gerne«, antwortete Sascha.

Verblüfft zahlte Hayk. Sie legte sich ihren Mantel über den Arm, während Sascha ihr die Tür aufhielt.

»Sascha, könnten Sie Suzanne nach dem Treffen mit dem Bischof bitte den Weg zum Vagankovskoje-Friedhof, zum Grab von Volodja zeigen?«

»Natürlich«, antwortete Sascha. »Wenn ich Zeit habe, komme ich mit.«

»Viel Erfolg!«, rief Hayk ihnen nach.

Zwar fühlte sich Suzanne in der Gesellschaft der beiden wohl, fragte sich aber dennoch, ob sie nicht zu sehr bevormundet werde. Die Hilfsbereitschaft von Sascha, Hayk, sogar Tanja lösten bei ihr ein Gefühl von Geborgenheit und zugleich Unbehagen aus. Viktor hatte ihr in seinen Briefen ganz ähnliche Konflikte beschrieben. Absurd. Ich kann diese Dynamik nicht beeinflussen, rebellierte es in Suzanne, während sie wortlos neben Sascha zum Treffen mit dem Erzbischof lief.

»Die Behörden ordneten an, Vladimir Vyssotzkijs Grab in einer Ecke zu verstecken. Doch der damalige Friedhofsdirektor sorgte dafür, dass es anders kam. Dafür kündigten sie ihm fristlos. Diesem couragierten

Mann verdanken wir heute, dass Volodjas Denkmal gleich am Friedhofseingang steht.«

Sascha hatte Suzanne wie geplant hierhergebracht und sich dann schnell verabschiedet. Hayk schien das nicht unrecht zu sein. Er deutete auf das Monument, erzählte, dass Vyssotzkij mit Gitarre, Chansons und als Hamlet im Taganka-Theater das Publikum über Jahre fasziniert hatte. »Das Volk hing an seinen Lippen. Als er 1980 mit nur 42 Jahren starb, zogen mehr als hunderttausend Menschen weinend, rezitierend, singend durch die Straßen Moskaus. Eine richtige Prozession! Leidenschaftlich lieben wir unsere Toten. Nicht die Lebenden. Niemand versteht das.«

Gedankenversunken betrachtete Hayk die Skulptur. Dann wandte er sich Suzanne zu. Wie in Trance malte er aus, wie die französisch-russische Schauspielerin Marina Vlady dem Sänger verfiel. Beide der Schauspielerei. Er noch der Gitarre, dem Heroin, Alkohol. Zärtlich nannte Marina ihn petit Russe. Rastlos dichtete und vertonte er seine Lyrik. Nie habe man ihn dabei gesehen. Volodja, so nannten ihn liebevoll seine Fans, komponierte seine Halluzinationen, Träume, Sehnsüchte. Brüllte, krächzte in Kellern, Fabriken, Schuppen, Theatern, Sporthallen, Konzertsälen, in allen Zeitzonen gleichzeitig. Halb tot schleppten sie ihn auf die Bühnen im Ural, Kaukasus, Fernen Osten. Wieder auferstanden, bezauberte er sein Publikum. Hauchte ihm erneut Geist ein. Bis er eines Nachts keine Luft mehr bekam. Totenstille herrschte im ganzen Land. In Bronze steht er nun auf dem Friedhof. Bandagiert. Als müssten sie ihn über den Tod hinaus bändigen. So wirkt er noch größer, freut sich an den Blumen, die sie ihm bei Hitze, Regen, Schneegestöber zu Füßen legen. Ein ewiges Blumenmeer.

»Aufopferungsvoll behüten sie ihre Söhne, unsere Mütter, um sie als zu jung Verblichene zu beklagen«, stöhnte Hayk und begann, einige Strophen vorzutragen:

> »Gebt den Verliebten ein heimliches Fleck-
> chen,
> damit sie sich lieben können.
> Viele Paare leben zusammen, die sich besser
> trennten.
> Jemand wässert die Erde. Doch es entspringt
> ihr nichts.
> Gestern erhielt ich die Freiheit. Was fange ich
> nur mit ihr an?«

Suzanne wollte etwas bemerken, aber ihr versagte die Stimme.

»Kennst du Sergej Jessenin?«

Hayk wartete ihre Antwort nicht ab, fasste sie am Arm, zog sie zum Grab des Dichters. Wieder ein Blumenmeer. Konzentriert bewegte ein älterer Herr die Lippen. Langsam gingen sie nun an Grabstätten mit Sitzbänkchen vorbei, wie Standbilder verharrten dort die Hinterbliebenen. Offenbar sehnten sie sich nach ihren Liebsten? Verzweifelt, weil sie noch atmen mussten.

»Willst du wissen, was der alte Herr von Jessenin rezitierte?«

Suzanne nickte.

> »Freund, leb' wohl.
> Mein Freund, auf Wiedersehen.
> Unverlorener, ich vergesse nichts.«

Hayk stockte.

»Moment. Die beiden letzten Verse noch.«

Mit gedämpfter Stimme fuhr er fort:

> »Sterben, nun, ich weiß,
> das hat es schon gegeben.
> Doch: Auch Leben gab's ja schon einmal.«

Nach einer Weile sah er Suzanne an: »Verzeihe, fast hätte ich vergessen zu fragen, wie es beim Bischof war. Gibt es etwas Neues?«

»Nichts. Natürlich!«

»Wirklich?«

»Ihr Mann half uns sehr. Wir mögen ihn alle. Es tut uns sehr leid. Wir wünschen Ihnen viel Glück«, äffte Suzanne den Bischof nach. »Ein Rauschebart. Wahnsinn!«

Ob die Haare, die aus seinen Ohren wucherten, zu den orthodoxen Bräuchen gehörten, hatte sie sich beim Treffen mit dem Geistlichen gefragt.

»Lass uns ein wenig spazieren gehen«, schlug Suzanne vor. »Es ist mein letzter Abend in Moskau.«

Sie schlenderten vorbei an festlich beleuchteten Schaufenstern, Straßenverkäuferinnen, Männern, die sich an Bierflaschen klammerten, Pärchen, die sich auf den Bänken verrenkten. Als Suzanne tanzende Paare in einem Jugendstilpavillon sah, fasste sie Hayk am Arm. Wie sie ausschritten, innehielten, ihre Körper spreizten. Schwarze Etuikleider mit roten Stöckelschuhen passierten virtuos glänzende Mokassins. Eine Brise beschwingte die Moskauer Nacht. Wie der Tanz vom anderen Ende der Welt es hierhergeschafft hatte?

»Tango! Jeden Freitagabend treffen sie sich. Tanzen bis zum Morgengrauen«, erklärte Hayk. Ihre Verwunderung hielt nur kurz an. Sie drehte sich zu ihm. Als habe er schon lange auf diese Gelegenheit gewartet, drückte er Suzanne behutsam an sich.

Schließlich setzten sie zum Final Feliz an. Im Wiegeschritt glitten sie über den Mosaikboden. Sie schwebten aus dem Pavillon in die Vollmondnacht. Begeistert klatschten die Tangofans ihnen zu.

Juni 1994

Als Suzanne das Abteil betrat, schliefen zwei Personen bereits. Sie zog ihre Schuhe aus, stellte sie unter die Koje, den Mantel hängte sie an den Haken links neben das Fenster. Sie breitete das Laken sorgfältig aus, kramte ihr Reisekissen aus der Tasche und legte sich hin.

Nach einer Weile erwachte sie. Im Nachbarabteil schnarchte jemand. Suzanne drehte sich um, schlief wieder ein und träumte:

Die Morgensonne schiebt die Nacht sachte beiseite. Blinzelt ins Abteil. Lichtscheine berühren die nackten Schultern. Wärme durchströmt ihren Körper. Sie zittert. Bäume begrüßen sie. Flink kriecht er unter ihre Decke. Sie wagt sich nicht zu bewegen. Mit kräftigen Händen beginnt er, ihre Brüste zu kneten. Vögel tirilieren, fliegen dicht am Fenster vorbei. Die Lokomotive schiebt langsam die Landschaft; er sich in sie. Verweilt. Küsst. Lässt sie los, um sie wieder zu nehmen: Nase, Augen, Mund wühlen gleichzeitig in ihr: riechen, lutschen, küssen. Sie versinken lautlos ineinander. Sie fleht. Und schon prallen Stöhnen und Schlagtakt rhythmisch zusammen, um auf den Schienen zu verschmelzen. Jetzt zieht er sie noch heftiger an sich.

Mit einem Ruck öffnete die Schaffnerin die Abteiltür. Benommen suchte Suzanne ihre Handtasche, nahm Bürste, feuchte Tücher heraus, tupfte ihr Gesicht ab. Schlaftrunken kämmte sie ihr Haar. Derweil holte ihre Nachbarin verschiedene Tüten mit Saatgut aus ihrer Plastiktasche und deutete mit einer Handbewegung die Einsaat an: »Datscha!« Eifrig nickte die Frau der Fremden zu, zeigte auf ihr Herz und den Jungen, der über ihr auf der Pritsche lag.

»St. Petersburg?«

Suzanne nickte. Mutter und Sohn unterhielten sich eine Weile. Danach bückte die Mutter sich, zerrte eine große, abgewetzte Tasche hervor. Griff nach einer Banane, schälte sie, reichte sie dem Sohn. Er streckte sich, ächzte und verschlang sie wortlos. Ein langes Rülpsen drang von oben; seine Mama lächelte zufrieden.

Die Schaffnerin hatte Suzanne ein Glas Tee hingestellt. Vorsichtig nippte sie an dem heißen, starken, süßen Tee. Was sie wohl in St. Petersburg erwartete? Hals über Kopf war sie von Frankfurt nach Moskau aufgebrochen. Dann dachte sie an den letzten Abend mit Hayk, die Ratschläge von Tanja, den Monolog der Oberin, den Besuch beim Bischof, die Treffen mit Sascha, die Dichter auf dem Friedhof, die tragische Verehrung nach deren Tod. Die Bilder überlagerten sich, zogen vorbei wie die unbekannten Landschaften vor dem Zugfenster. Selbstversunken flüsterte Suzanne vor sich hin: »Hoffentlich lebt Viktor noch! Hoffentlich lebt er.«

Sie fröstelte. Wieder spürte sie das Zwacken in der Brust. Leichter Schwindel ergriff sie. Die Frau zupfte sie am Ärmel. »Хорошо?« Suzanne bat mit einem Handzeichen um Entschuldigung, verließ das Zugabteil, schwankte über den grün-rot gemusterten Teppich, blieb an einem offenen Fenster stehen: flache Landschaften, unterbrochen von Tümpeln, Tannen, Hütten. Öde. Sie ging weiter. Durch beige Vorhänge warf sie einen Blick auf Tee schlürfende Frühaufsteher. Viele Passagiere schliefen noch. Sie schliefen lieber tagsüber. Nachts holte man sie ab. Wer hatte das nur gesagt? Die Lok bremste, Suzanne taumelte, schlug mit dem Kopf ans Fenster. Vorsichtig tappte sie ins Abteil zurück. Mutter und Sohn waren eingenickt.

⁂

Die Metro stoppte. Eine Menschenmenge quoll heraus, stürmte zum Ausgang. Feuchte Pelzmützen scheuerten an bunten Kopftüchern. Männer retteten ihre Blumensträuße im Gedränge. Schweigen. Vor die Halle geschoben, verlor sich die Masse zwischen den Marktständen, die drohten, mitsamt ihren roten Kinderschuhen, grünen Präservativen, blauen Lippenstiften in Pfützen zu versinken. Suzanne knöpfte ihren Mantel zu, band ihr Tuch um den Kopf, trat in den Regen hinaus. An Wasserlachen vorbei balancierte sie über zerklüftete Bürgersteige.

Mit Hayk hatte sie überlegt, einige Tage bei Nana und Ilja zu wohnen, weil Viktor anfangs dort untergekommen war. In den ersten Briefen hatte er die beiden erwähnt.

Das Leben sei früher leichter gewesen, betonte Ilja beim Abendessen in fließendem Englisch. Nana unterbrach ihn fortwährend, um Suzanne zu drängen, mehr zu essen. Dabei wischte sie mit ihren dünnen Fingern unentwegt über das Tischtuch, sprang auf, kündigte das nächste Gericht an. Suppe gab es. Je nach Wochentag wechselten sich Fleisch- und Fischfrikadellen ab. Kartoffeln fehlten nie. Davon hatte Viktor schon erzählt. Nana zeigte ihrem Gast stolz den Vorratsschrank: Glasbehälter mit Gurken, Tomaten, Paprika, Obst, Marmelade. »Datscha!«

Dann zeigte Nana ihr eine Seife aus Finnland. »Riechen Sie mal! Unsere Tochter lebt dort.«

Suzanne hörte die Seufzer von Nana noch, als sie sich in ihr Zimmer zurückzog. Kurz darauf klopfte Ilja an ihre Tür.

»Brauchen Sie ein Lexikon? Hier steht das Wort, über das wir gesprochen haben«, dabei deutete er auf die Stelle.

»Mit diesem alten Wörterbuch übersetze ich Gebrauchsanweisungen für Eierkocher, elektrische Massagestäbe und CD-Player aus Korea, Japan, Gott weiß woher. Das Englisch in den Gebrauchsanweisungen ist mehr als gewöhnungsbedürftig.«

Er lächelte und reichte ihr das abgegriffene Lexikon. »Danke. Nachher werfe ich gerne einen Blick hinein.«

Ein paar Minuten später war Ilja erneut an der Tür: »Kommen Sie, schauen Sie! Im Fernsehen laufen die Nachrichten.«

Suzanne folgte ihm widerwillig durch die Wohnung, in einen Raum, der augenscheinlich zugleich als Wohn- und als Schlafzimmer diente. Nana saß vor dem flimmernden Apparat. Ilja zeigte auf einen leeren Sessel und Suzanne setzte sich neben sie. Er selbst blieb stehen.

»Das ist Jasow, der sowjetische Verteidigungsminister, der den Putsch gegen Gorbatschow mit angezettelt hat. Jetzt haben sie ihn wieder freigelassen«, hüstelte Ilja, zeigte auf den Bildschirm. Nach einer Weile bemerkte er: »Was wollen die eigentlich? Kein Mensch versteht das! Bei uns läuft alles anders. Nicht wie in der restlichen Welt. Wir denken, fühlen anders.«

Er schnäuzte sich, kommentierte betrübt die Ereignisse weiter. Suzanne wäre gerne zurück in ihr Zimmer gegangen. Doch Nana begann in gebrochenem Englisch zu erzählen: »Als seine Mutter während der Blockade von Leningrad eines Abends nach Hause kam, stand Ilja, er konnte gerade laufen, an einem Stuhl und teilte sich fröhlich die Krumen mit einer Ratte. Viele Kinder wurden damals evakuiert. Seine Mutter wollte sich von ihm nicht trennen. Als Frau durfte sie abends nicht auf die Straße gehen. Die Leute erzählten sich, dass toten Frauen die Brüste abgeschnitten wurden. Kannibalismus! Heute schreiben sie in den Zeitungen, dass Stalin uns absichtlich hat leiden lassen, um aus Leningrad eine Heldenstadt zu machen. Wer weiß?«

Dabei fuhr sie sich unentwegt durch ihr schütteres, mit Henna gefärbtes Haar. »Wahrheit? Was bedeutet sie eigentlich?«

Schon als Kind habe sie gelernt, dass Lügen zur Wahrheit geworden waren und umgekehrt. Und das sei nach wie vor tägliche Routine. Vom Leben fühle sie sich deshalb aber nicht betrogen. »Jetzt wollen sie aufklären. Angeblich öffnen sie die Archive. Wissen Sie, heute sagen sie das Eine, morgen das Andere.«

Sie machte eine wegwerfende Handbewegung. »Was wir von ihnen halten, ist ihnen egal. Ich war damals so mager.« Sie zeigte ihren kleinen Finger. Neunhundert Tage hatten die Deutschen Leningrad blockiert. Eine Million Menschen starben. Ihr Vater gefallen, ihre Mutter an Diphtherie gestorben. Man habe sie aufs Land evakuiert. »Wir mussten als Kinder Traktoren fahren. Eines Tages bin ich in einen Graben gefahren und wäre dabei fast umgekommen.«

Suzanne hustete heftig.

»Haben Sie Fieber? Sie müssen ins Bett.«

Verwirrt und fröstelnd erhob sie sich und hörte ihre Gastgeberin noch sagen: »Nana bringt gleich eine Wärmflasche.«

Erschöpft legte sich Suzanne schlafen. Sie träumte: Kinder mit Ratten, Frauen ohne Brüste, Erdbeeren, deutsche Soldaten und Leichen umzingeln sie. Eine alte Ratte stellt sich bedrohlich vor sie: »Für Tage ziehen wir auf der Suche nach Fressbarem durch die Stadt. Wir sind krank, viele von uns verrecken unterwegs. Überall Menschenkadaver. Wir fressen sie an. Kannst du dir vorstellen, wie Kinder schmecken?« Die Ratte zwickt sie in den Arm.

Suzanne schreckte aus ihrem Traum auf und hörte Schreie, Schläge und wieder Schreie. Sie lief in die Küche.

»Beruhigen Sie sich, meine Liebe«, sagte Nana, als sie hereinkam. »Das kommt von oben.«

»Wer schreit da?«

Während Nana aus Knoblauch, Zwiebeln, Wodka einen Trunk für Suzanne zubereitete, sagte sie: »Über uns lebt ein Säufer mit seiner einäugigen Frau. Er schlägt sie jeden Freitag. Vor Kurzem ist die Mutter gestorben. Jetzt haben sie die Wohnung für sich, aber sie leben weiterhin in einem Zimmer.«

»Warum?«

»Weil es immer so war«, antwortete Nana leise.

70

Suzanne überwand sich, das Gebräu zu trinken. Ihre Gastgeberin erzählte unterdessen weiter: »Gorbatschow ist am 18. August 1991 verschwunden. Mit meiner Nachbarin haben wir nächtelang vor dem Fernseher gesessen: Massendemonstrationen, Mobilmachungen, Blockaden. Zwischendurch sind wir durch die Geschäfte gerannt, um Lebensmittelvorräte zu kaufen. Ilja hat rund um die Uhr BBC gehört. Wir konnten vier Tage unsere Tochter in Finnland nicht anrufen.«

Wie in den Leningrader Notizen, dachte Suzanne, gähnte und hielt sich die Hand vor den Mund. »Verzeihen Sie bitte!«

Nana stand auf, wünschte eine gute Nacht und zog leise die Tür hinter sich zu.

❋

Bevor sie am Morgen frühstückte, ging Suzanne ihr Logbuch durch. In Moskau hatten Hayk und Sascha eine Liste mit Stationen ihrer Suche in St. Petersburg zusammengestellt. Außerdem wollte sie gleich in Moskau anrufen, um zu fragen, in welches Hotel sie am besten ziehen sollte. Bei Ilja und Nana zu wohnen strengte sie zu sehr an. In alle diese Geschichten, die sie von Tag zu Tag mehr befremdeten, wollte sie nicht weiter verwickelt werden. Ohnehin traute sie ihren Empfindungen kaum noch. Ihre Konzentration ließ nach, ihr Gedächtnis kam ihr trügerisch, durchlöchert, verzerrt vor. Und dann diese Träume!

»Frau Suzanne, das Frühstück ist fertig! Haben Sie gut geschlafen?«

»Ich komme sofort!«

»Wohin fahren Sie heute?«

»Zur lutherischen Petrikirche.«

»Zum Abendessen gibt es Piroggen und Borschtsch«, rief ihr Nana nach.

»Schön. Auf Wiedersehen.«

Suzanne nahm ihre Tasche, den Mantel, öffnete zuerst die ramponierte Wohnungstür, danach die neu eingebaute Eisentür, die vor Einbrüchen schützen sollte. Besonders auffällig, hatte Viktor in einem seiner ersten Briefe geschrieben, seien neben der rasanten Verelendung die neuen Eisentüren, die neuen Zäune und hohen Mauern. Sie vermied, wann immer es möglich war, Aufzüge und hastete die Treppe hinunter. Zur Metrostation ging sie lieber einen Kilometer zu Fuß, als sich im Trolleybus zwischen die Körper zu pressen. Weil die Fahrt in die Stadtmitte länger dauerte und sie schon ein wenig spät war, rannte sie zur Petrikirche. Grußlos forderte der Pförtner sie in einem seltsamen Deutsch auf, ihre Tasche zu öffnen. Als sie erwähnte, dass sie einen Termin mit dem Bischof habe, zeigte er nach rechts. Beflissen nach vorne geneigt, ohne die Tasche zu inspizieren, wünschte er einen schönen Tag. Autoritärer Charakter! Von dieser deutschen Eigenschaft hatte ihr Vater vor seinem Tod oft gesprochen. Sogar bis hierher ist das vorgedrungen, stellte sie fest. Was hätte ihr Vater gemeint, wenn er erfahren hätte, dass sie einen Deutschen heiratete! Hätte er ihr abgeraten?

Suzanne blickte nach oben, ging einen endlos langen, kahlen Gang entlang. Überall Holzpaneele an Decken und Wänden in kleinen Räumen, die im Vergleich zu dem riesigen Gebäude noch kleiner erschienen. Jemand rief ihr entgegen: »Kommen Sie bitte. Willkommen in unserem Prunkstück!« So begrüßte sie ein älterer Herr. »Ich bin Bischof Martin. Ich komme aus Thüringen.«

»Suzanne Miller-Haast. Wir haben telefoniert! Sie erinnern sich sicherlich?«

»Als meine Frau verstarb, nach der Pensionierung, bot man mir diese Stelle an.«

Er räusperte sich und hielt kurz inne. Suzanne kam es vor, als sei er selbst befremdet darüber, dass er sich ihr so vertrauensselig vorstellte. Um den Moment zu überspielen, fuhr er fort: »Ist das nicht eine zauberhafte Stadt?«

»Leider bin ich nicht der Schönheit wegen gekommen«, sagte Suzanne.

Der Witwer schien ihre Antwort zu überhören und redete weiter: »Gestern haben wir unseren besten Bewerber für meine Nachfolge verloren.«

Er stöhnte auf. Bestürzt schaute Suzanne ihn an. »Nein, nein. Nicht verstorben! Um Gottes willen!«

Er schüttelte das Haupt heftig. Sein Bauch wogte dabei und das Gesicht verfärbte sich rot. Weinte er etwa? Oder lachte er? Suzanne wusste nicht, wie sie seine Reaktionen deuten sollte. Er bewegte leicht sein rechtes Bein. »Nein, nein. Er betrügt nur seine Ehefrau mit einer jungen Petersburgerin. Also nur, natürlich ...«

Der Bischof ohne Frau, fernab von der Heimat, verhaspelte sich, rückte seine Weste zurecht, setzte nochmals an, zögerlich: »Gestern, zwei Wochen vor seiner Bischofsweihe, ist die Affäre aufgeflogen. Natürlich können wir ihn nicht mehr zum Bischof berufen.«

Leicht schürzte er nun seine dicke, ein wenig bläuliche Unterlippe. »Sie sind die Erste von außerhalb, die das erfährt.«

Ihm schien die Sache mehr als peinlich zu sein. Weshalb können sie einen Verliebten nicht weihen? Am liebsten hätte Suzanne ihn das jetzt gefragt.

»Hier passieren wirklich außergewöhnliche Dinge.« Schwer atmend fuhr er fort: »Vor einer Woche hat ein Vikar aus Baden-Württemberg einen Koffer mit 80.000 D-Mark auf dem Flughafen vergessen. Vielleicht hatte auch ihn eine Schöne verzaubert«, zwinkerte er Suzanne zu und nahm einen Schluck Tee.

Dabei unterbrach ihn ein starker Hustenanfall. Tränen schossen ihm in die Augen, er keuchte: »Vielleicht Hypnose. Hypnosen! Ganz St. Petersburg befindet sich in einem Delirium, scheint mir.«

Mit etwas zu kurz geratenen Armen deutete er auf die baufälligen Stellen: »Deshalb können wir jetzt nicht weiter renovieren. Wenn das die schwäbischen Gemeindemitglieder erfahren würden.«

Er faltete seine zarten Hände, beugte sich ein wenig zu Suzanne vor. »Ich weiß nicht, warum ich Ihnen das alles erzähle. Verzeihen Sie, bitte! So kuriose Dinge passieren hier ständig. Unsere Lutherkirche erduldet das seit Jahrhunderten. Darf ich Ihnen nun das frühere Schwimmbad, das wir inzwischen zum Kirchengebäude zurückgebaut haben, zeigen? Folgen Sie mir, bitte! Vorsicht! Hier liegt noch viel Schutt.«

Er schritt durch den langen Gang. Gebeugt stieg er die Treppe vor Suzanne hinauf. Seine Hosenbeine wischten den Staub von den Stufen. Inzwischen fänden hier regelmäßig Gottesdienste, Hochzeiten und Konfirmationen statt. Übrigens habe er erfahren, dass Viktor hier öfter gepredigt habe. In dieser Zeit sei er allerdings in Deutschland gewesen, erklärte der Bischof, während er seine runde Brille zurechtrückte. Diese Lektion verstand Suzanne sofort. Er wollte also auch nichts von Viktor gewusst haben. Absurd, sogar die eigenen Brüder sagten nichts! Als hätten alle zusammen ein Schweigegelübde abgelegt, dachte sie. Sollte sie jetzt lauthals lachen? Oder schreien? Verwandelte sich ihre Angst über das Verschwinden ihres Mannes allmählich in Wut? In Hoffnungslosigkeit? Resignation? Wie lange beide schweigend nebeneinander durch die Kirche geschritten waren, wusste sie später nicht mehr. Sie sprachen über die eindrucksvolle Atmosphäre, den schwierigen Umbau, die immensen Kosten, die schwindenden Gemeindemitglieder.

»Ich rieche das Schwimmbad.«

»Kein Wunder. Die ganze Stadt ist auf Wasser gebaut. Sie steht auf Pfeilern im Sumpf. Das alte Bad war nur eine von vielen Varianten. Umspült vom Meeresbusen, du Schöne, von zahllosen Kanälen Durchströmte, du, von Fontänen Betörte, bist ewig von diesem Element beherrscht. Du belebst das Kind im Leib einer Mutter. Du belebst auch mich, mein geliebtes St. Petersburg.«

Von den eigenen Worten überwältigt, bemerkte der Bischof erst jetzt, dass sie die Treppe nach oben gegangen war. Das mittägliche Licht ließ die weiß-bläuliche Galerie, die hellen Fichtenbänke, die wie in einem Amphitheater angeordnet waren, noch intensiver erstrahlen. »Geblendet von der Mittagssonne, sehe ich Sie kaum«, rief Suzanne ihm zu.

Von der Bürde seines Amtes, dem Gewicht seines Körpers niedergedrückt, riss ihn die Begeisterung der jungen Frau offensichtlich mit. Sie spürte einen langen Blick, als sie durch die oberen Kirchenbänke ging. Ihn so selig zu sehen, erfreute Suzanne.

»Übrigens sind Sie die erste Niederländerin hier. Ich bedauere zutiefst, dass ich Ihnen keinen Hinweis auf den Verbleib Ihres Mannes geben kann.«

Zum Abschied erhob er die Arme zum Segen, wünschte ihr viel Geduld und Glück. Dann verneigte er sich tief. Als Suzanne zurückblickte, verharrte er noch immer so.

Woher wusste er eigentlich, dass sie Niederländerin war? Seine Unbeholfenheit und Trauer um seine Ehefrau hatten ihre Skepsis kurzzeitig verscheucht, um jetzt umso stärker aufzubrechen. Verheimlichte er etwas? Am liebsten wäre sie zurückgekehrt und hätte ihn zur Rede gestellt. Doch sie verwarf die Idee. Wie schnell Karrieren momentan in Russland möglich sind. Nein, vermutlich wusste er wirklich nicht mehr. Bisher gab ihr tatsächlich niemand einen echten Hinweis auf den Aufenthaltsort von Viktor. Oder wollte es zumindest nicht?

Suzanne lief den Newski-Prospekt entlang. Dass sie den Fontanka-Kanal schon überquert hatte, war ihr nicht aufgefallen. Irgendwo hier um die Ecke musste sich das Frauenzentrum befinden. Viktor hatte von diesen couragierten Frauen berichtet, ihr riskanter Kampf gegen häusliche Gewalt und Frauenhandel hatte ihn tief beeindruckt. Deshalb hatte er ihre Arbeit in seiner St. Petersburger Zeit am intensivsten unterstützt. Rasch lehnte Suzanne sich über das Brückengeländer, weil sie eine vorbeituckernde Barke hörte, und winkte den

Touristen zu. Gerne wäre sie weitergeschlendert, hätte das zartgrüne Licht, das durch die jungen Birkenblätter strahlte, genossen. Oder die Schönen in Miniröcken, die in High Heels über den Boulevard staksten, begleitet von kahlgeschorenen Kerlen, die in schwarzen Sporthosen mit weißen Streifen, schwarzen Sonnenbrillen und mit schwarzen, riesigen Labradorhunden neben ihnen herlatschten, bestaunt. Warum mussten diese Typen ununterbrochen ausspucken? Eine Menschentraube drängte vorbei: alle auf der Suche nach Lebensmitteln, mit Rucksäcken, Einkaufstaschen, umgerüsteten Kinderwagen, die niemand mehr brauchte, weil keine Kinder mehr geboren wurden. Die blaue Ikea-Tasche war gerade dabei, St. Petersburg zu erobern. Cafés, aus denen der Duft frisch gerösteter Bohnen und gebackener Törtchen strömte. Dazwischen Boutiquen mit Pariser Dessous und Abendkleidern. Ehe sie vor drei Tagen in den Roten Stern nach St. Petersburg gestiegen war, hatte Hayk augenzwinkernd gemahnt, das Logbuch abzuarbeiten. Sich nicht ablenken zu lassen vom Venedig des Nordens. Die zweite Toreinfahrt. Hier musste die Wohnung irgendwo sein. Suzanne suchte noch die Hausnummer, die sie endlich neben einer Klingel fand. Als sie läutete, öffnete ihr zaghaft eine kleine Frau um die vierzig. Ihr Teint war außergewöhnlich hell. »Herzlich willkommen. Schön, dass Sie uns gefunden haben!«

Beim Tee berichtete Olga mit sanfter Stimme auf Englisch, weshalb sie 1988 eine Selbsthilfegruppe gegen häusliche Gewalt gegründet habe. Dass sie jahrelang von ihrem Ehemann geschlagen worden sei. Wie sich seine Reue erneut in brutalen Schlägen entladen habe. Eines Tages habe sie ihn mit ihrer Tochter verlassen. Neben ihrer Lehrtätigkeit an der Universität engagiere sie sich im Zentrum. Zum Glück habe die Stadtverwaltung ihnen die Räume überlassen. Mit finanzieller Unterstützung aus Schweden und Deutschland seien sie saniert worden. »Sie können sich nicht vorstellen, wie das hier aussah. Überall Schimmel und Kot.«

Sie wechselte schnell das Thema und erklärte, dass jetzt der Kampf gegen den Frauenhandel dazugekommen sei: An Universitäten, Schulen und auf den Straßen führten sie verstärkt Aktionen durch. Die Händlerringe gäben sich als Au-Pair-Vermittlungen aus, mit katastrophalen Folgen. Am schlimmsten seien die jungen Frauen vom Land betroffen. »Alle wollen weg. Momentan beteiligt sich unser Zentrum an einer internationalen Kampagne gegen Zwangsprostitution in Deutschland, Italien und der Türkei. Beamte, Polizei, Zoll und andere Behörden verdienen mit daran. Ein lukratives Geschäft! In letzter Zeit bedrohen uns diese Behörden ständig.«

Olga blieb ruhig bei diesen Ausführungen. Als seziere sie mit einem Skalpell die jüngsten gesellschaftlichen Verwerfungen, präpariere die geschundenen Seelen, um sie akkurat in einer überdimensionalen Leichenhalle der Geschichte zu präsentieren.

»Wir arbeiten inzwischen auch mit Männern. Ein aufschlussreiches Experiment.«

Suzanne hörte eine gewisse Genugtuung, als Olga von ihrem jüngsten Projekt berichtete, während sie gemeinsam die weiteren Räume anschauten. In einem der Büros saß eine junge Frau und telefonierte. »Das ist unsere Hotline. Sie ist vierundzwanzig Stunden besetzt. Hier sind unsere Therapieräume.«

Beim Stichwort Männer wagte Suzanne endlich, nach Viktor zu fragen: »Können Sie sich vorstellen, wo mein Mann ist?«

»Nein, nein, leider nicht. Viktor hat uns beim EU-Antrag, der Installation eines Dokumentationsprogramms für die Hotline letztes Jahr oft geholfen. Wir waren sehr traurig, als er sich entschied, uns zu verlassen. Moskau! Ein verhängnisvolles Dorf. Wir haben oft versucht, es ihm auszureden.«

Suzanne bemerkte, wie Olga die Gelegenheit nutzte, ihre Abneigung gegen die Hauptstadt zu zeigen. »Und warum wollte er unbedingt dorthin?«, fragte sie.

»Ein Angebot aus dem Patriarchat. Der Ruf aus der Machtzentrale der russisch-orthodoxen Kirche hat ihn offenbar gereizt.«

Sprach Olga da von Viktor? Dem evangelischen Pfarrer, Vater ihrer Kinder, mit denen er noch bis vor einem halben Jahr im Frankfurter Palmengarten herumgetollt war? Gemeinsame Pläne geschmiedet hatte? Wie gerne würde sie mit Olga diese Frage besprechen. Suzannes Blick fiel auf die schwarzweißen Porträts von Männern und Frauen an der Wand. Das Spiel von Licht und Schatten. Auf einer Landkarte des versunkenen Sowjetreichs danebben markierten rote Stecknadelköpfe weitere Einrichtungen gegen häusliche Gewalt. Wie einst die »Fliegenden Hexen« unter Lebensgefahr gegen den deutschen Faschismus für ihr Mütterchen Russland kämpften, kämpfen heute die Frauen gegen die Gewalt, schoss es Suzanne durch den Kopf. Liegt der Koloss schon immer auf Frauenschultern? Sie ertragen Unmenschliches! Nana hatte das immer wieder beschworen.

»Haben Sie Lust, am Newski das beste Schokoladeneis zu versuchen? In einer halben Stunde beginnt ohnehin die Männerselbsthilfegruppe.«

»Ich liebe Eis«, antwortete Suzanne.

Olga kämmte ihr grau meliertes Haar, legte einen bestickten Schal um. Danach überprüfte sie jedes Büro, verabschiedete sich von der Kollegin und verschloss sorgfältig beide Ausgangstüren. Wie viele verschiedene Schlüssel diese zierliche Hand hält! »Und wen besuchen Sie morgen?«, fragte Olga auf dem Weg zum Eissalon.

»Vater Pavel, den kosmopolitischen Priester, von dem Viktor oft geschrieben hat. Er schätzte ihn sehr. Kennen Sie ihn auch?«

»Ja, er arbeitete vor dem Zusammenbruch der Sowjetunion als Physikprofessor an der Universität. Ein außerordentlich kluger Mann. Charmant dazu!«

»Man hat mich bereits gewarnt«, schmunzelte Suzanne.

Beim Abschied wiederholte Olga noch einmal, wie unbeschreiblich leid ihr das mit Viktor täte: »Rufen Sie mich bitte an. Egal, um welche Uhrzeit! Viel Glück. Sie haben es beide verdient.«

»Herzlichen Dank.«

Sie umarmten sich zum Abschied. Ein Passant stieß die beiden zur Seite und brummte etwas vor sich hin.

Priester Pavel schien sich überall gleichzeitig aufzuhalten, Genf, Paris, Regensburg, Hannover, Brüssel, Toronto. Suzanne hatte aus Viktors Briefen und Faxschreiben viel über seinen Charakter erfahren. Der ehemalige Physikprofessor reiste sehr gern. Mehr noch liebte der kurzsichtige, spätberufene Theologe jedoch die Frauen. Nicht wenige Ehen fielen seinem Charme zum Opfer.

Gewandt, mit struppigen Haaren, die in alle Richtungen standen, empfing er seine Gäste stets im dunklen Anzug aus edlem Zwirn mit Weste, weißem Hemd und schwarzer Fliege. Viktor war von seiner Weltgewandtheit fasziniert gewesen. Vor allem hatte ihm imponiert, wie gelassen Pavel von seiner Gier redete. Zwar konstatierte er schulterzuckend, dass sich diese Neigung nicht für einen Theologen zieme. Gleichzeitig jedoch zückte Priester Pavel stolz sein neues Notebook aus der Tasche. Das habe ihm ein Münchner Kollege für sein jüngst gegründetes Institut übergeben. Hier hielt er Vorlesungen zu Religionstheorien, gesellschaftlichen Themen und regte die Herausgabe wiederentdeckter theologischer Schriften von Sergej Bulgakov an. Zuletzt habe er Viktor eine goldene Armbanduhr aus Genf gezeigt: »Die verdanke ich Calvinisten. Sie schätzen Gold und Qualität«, feixte der orthodoxe Bruder.

Als Suzanne am Fontanka-Kanal, einem ihrer drei Orientierungspunkte in St. Petersburg, den Newski-Prospekt überquerte, übte sie die bevorstehende Gesprächssituation ein, ging alle Fragen durch, weil sie ihre Notizen nicht benutzen wollte.

»Sicher und gefasst« war ihr Motto: Das hatte sie sich für heute vorgenommen. Sie spürte, dass ihr heiß wurde. Ihr Mund wurde trocken. Sie errötete. Eine tiefe Machtlosigkeit ergriff sie. Aus der Ohnmacht wuchs mit jedem Schritt ihr Zorn: Was mache ich hier eigentlich? Verdammt, Viktor! Sie eilte den Gehsteig entlang, redete leise vor sich hin: Ruhig bleiben! Atmen! Alles wird gut! Angespannt rezitierte sie alle Mantras auf einmal. Dann senkte sie ihren Kopf, konzentrierte sich auf die Rillen zwischen den Zementplatten: Nur nicht berühren!

Dabei übersprang sie ungefähr zwanzig davon. Abrupt blieb sie vor dem Haus mit der Nummer 425 stehen und musterte die Eingangstür. Nach kurzem Zögern klopfte sie an. Eine Frau zog die Tür vorsichtig auf. Schwarze, lange Haare verdeckten ihr blasses Gesicht. »Verzeihen Sie, mein Name ist Miller-Haast. Arbeitet Vater Pavel hier?«, fragte Suzanne sie auf Englisch. Das Gesicht der blassen Frau strahlte für einen Moment. Ob sie zu seinem Harem gehörte? »Er kommt gleich«, antwortete sie in der gleichen Sprache und bot ihr an, den Mantel abzulegen.

Verstohlen begutachtete Suzanne die frisch renovierten Räume, die modern ausgestattet waren.

»Möchten Sie unseren Seminarraum sehen? Hier hat Ihr Mann verschiedene Kurse durchgeführt.«

»Gerne«, erwiderte Suzanne. Komisch, bisher hatte niemand von ihrem Mann gesprochen, nur von Viktor.

Holzikonen hingen an den Wänden. Zwölf Stühle umgaben den ovalen Tisch. In der Mitte standen Gläser, Flaschen, dazwischen lagen Stifte, Bücher und Papier. Obwohl tief gelegen, waren alle Räume lichtdurchflutet. Wieder eine von vielen Erleuchtungen. Von Sonnenlicht durchflutete Kellerräume! Ihre Zunge wurde bitter. Nur nicht schwindlig werden! Nicht hier! Sie fuhr sich mit den Händen über ihr Gesicht, als sich eine sonore, fremde Stimme näherte.

»Willkommen. Schön, dass Sie hier sind«, rief Vater Pavel auf Deutsch. Mit seinen flinken Augen taxierte er Suzanne von unten nach oben und umgekehrt. »Wie gefällt es Ihnen bei uns?«

Er wusste doch, weshalb sie hier war. Warum wiederholte auch er diese Frage und lächelte ihr dabei süffisant zu? Ohnehin provozierte diese Frage Suzanne schon die ganze Zeit. Dass sie keine Glücksritterin auf den Spuren des zerfallenen Imperiums war, musste doch allen klar sein. Ich darf jetzt meine Beherrschung nicht verlieren. Nicht bei ihm! Nicht jetzt! Sie schluckte. Rang um Worte. Erneut vergegenwärtigte sie sich die Priester, Bischöfe, Oberinnen, mit denen sie bisher gesprochen hatte. Meistens redeten sie. Hielten Monologe. Manche kamen ihr gebildet, andere skurril, verblendet oder eher einfältig vor. Oftmals wetteiferten diese Eigenheiten miteinander. Hayk hatte ihr von Freunden berichtet, die Hals über Kopf ihre Familien verließen, um als Mönche auf der Suche nach Seelenfrieden in Klöstern zu verschwinden. Und nun auch noch dieser Charmeur, dem sie kaum wagte, in die Augen zu schauen. Sie wollte nicht mehr. Alles kam ihr sinnlos vor. Viktor würde sie auf diese Weise sicher nicht finden!

»Kommen Sie bitte in mein Büro«, unterbrach Priester Pavel ihre Gedanken und schloss die Tür hinter ihr leise. »Haben Sie unsere Eremitage, Theater und Parks schon besucht?«

»Nein, noch nicht. Sie wissen, weshalb ich hier bin, nehme ich an.« Suzanne setzte sich aufrecht in den Sessel, in dem sie zu versinken drohte. »Bitte sagen Sie mir doch, wo mein Mann sich befindet.«

Durchdringend schauten sie gelbgrüne Augen an. Spiegelten sich etwa ihre blauen Augen in denen des Priesters? Fassungslos senkte Suzanne wieder den Kopf. Er nahm einen Schluck Tee und sagte: »Eine menschliche Katastrophe, die sich hier abspielt. Frauen bleiben kinderlos, weil sie Arbeit und Wohnung verlieren. Unsere besten Köpfe verlassen fluchtartig das Land. Eine

Generation haben wir schon verloren. Der schlimmste Verlust jedoch ist die Orientierungslosigkeit.«

»Das habe ich alles schon tausend Mal gehört«, wäre es beinahe aus Suzanne herausgebrochen. Sie würgte an diesen Worten, fing sich, hob die Stimme, zog das ›Wo‹ und ›Kinder‹, so in die Länge, dass die Schärfe ihres Tones nicht zu überhören war: »Wo ist mein Mann? Meine Kinder lieben ihren Vater. Sie wollen ihn zurück.«

Ihre laute Stimme erschreckte sie selbst. Die Besonnenheit der letzten Tage hatte sich auf einen Schlag in Verzweiflung verwandelt. Sie konnte und wollte es nicht länger verbergen.

»Weshalb ging er nach Moskau?«

Suzanne starrte ihn an. Vater Pavel zog seine Augenbrauen hoch, strich sich übers Jackett. Erneut faltete er seine schmalen Hände über dem Bauchansatz, den die Weste gut kaschierte: »Mitte Januar, also vor ungefähr vier Monaten, besuchte mich Viktor. Er informierte mich darüber, dass er nach Moskau gehe. Er habe dort eine interessante Stelle angeboten bekommen. Erst später erfuhr ich, dass er in der Zentrale der russisch-orthodoxen Kirche als Revisor arbeitete. Das war Mitte März, vor drei Monaten. Er war hier und wir verabredeten uns zum Mittagessen. Damals kam er mir sehr angespannt vor. Er betonte, dass er sehr viel arbeite. Sogar nachts! Er beschrieb das unsägliche Chaos der Verwaltung in der russisch-orthodoxen Kirche in Moskau. Kennen sie Gogol?«

Suzanne verwirrte die Frage. Wieder ein Ablenkungsmanöver! Um Contenance ringend, gab sie zur Antwort: »Leider nein. Ich lese eher lateinamerikanische Literatur. Momentan lese ich aber ›Anna Karenina‹, weil mein Lieblingsschriftsteller Tolstoj verehrte. Kennen Sie García Márquez?«

»Natürlich! Moskau hat der junge Reporter Márquez als größtes Dorf der Welt bezeichnet. Nicht schlecht! Viele haben über uns geschrieben: Benjamin, O'Flaherty, Gide; begeistert oder entgeistert! Wir scheinen zu polarisieren. Wie die Deutschen«, zwinkerte er Suzanne zu.

»Ich bin keine Deutsche! Ich stamme aus Amsterdam.«

»Und Viktor?«

Ein echter orthodoxer Eulenspiegel, dachte Suzanne. »Viktor kam mit seinen Eltern Ende 1970 nach Deutschland, als er zehn Jahre alt war. Zuvor hatte die Familie in Kirgistan gelebt.«

»Russlanddeutsche?«

»Nein, Deutsche.«

»Wie meinen Sie das?«

»Unter Stalin sind sie im Zweiten Weltkrieg von der Wolga nach Kirgistan umgesiedelt worden.«

Eine Weile schwiegen beide. Suzanne rang um Fassung und sinnierte über die Bezeichnung Russlanddeutsche. Nach einiger Zeit stand der Theologe auf, holte eine Plastiktüte unter seinem Schreibtisch hervor und übergab sie ihr.

»Das sind Briefe, Notizen und Zeichnungen von Ihrem Gatten, die Sascha vor einem Monat in seinem Auftrag vorbeibrachte. Ich weiß allerdings nicht, was mit Viktor in Moskau passiert ist. Bei uns mochten ihn alle«, beteuerte der Priester. »Er half uns so viel! Ihn begeisterten die jungen Theater. Auch die Konzertveranstaltungen.«

85

Er hielt inne, weil Suzanne auf die Tüte starrte. »Vielen herzlichen Dank. Ich danke Ihnen sehr!«

Suzanne kämpfte mit den Tränen. Nahm die Tüte. Bedankte sich erneut. Vater Pavel half ihr in den Mantel, hielt ihr die Tür auf und begleitete sie bis zur Metrostation.

»Vergessen Sie nicht, dass St. Petersburg eine der schönsten Städte ist. Ich wünsche Ihnen viel Erfolg!«

Sie lief am Metroeingang vorbei, weil sie lieber zu Fuß gehen wollte. Verschwommen nahm sie den Kanal und die verschiedenen Paläste wahr. Vor ihnen standen, aufgestapelt, Hunderte von Plastikdoppelfenstern. Wie sie in den Sommergarten, den Letnij sad, geriet, wusste sie nicht mehr. Ihre Tränen flossen langsamer. Was hatte sie eben gehört? Sie schluchzte auf, stellte sich Viktor bei EDV-Seminaren, Workshops oder Hausbesetzungen in der Puschkinskaja vor. Wie er die Hotline im Frauenkrisenzentrum eingerichtet, die Datenbank ausgetüftelt, Kirchen, Museen und Theater besucht hatte. Ihre Vorstellungen überschlugen sich, entfesselten Fantasien. Die Ungewissheit quälte sie immer mehr und entfachte wiederkehrende Fragen. Was war mit ihm geschehen? Was sollte sie den Kindern sagen? Sie schwankte. War er für immer verschwunden? In diesen Zeiten konnte alles mit ihm hier geschehen sein. Unsicher sah sie sich um, fand eine Bank, die so niedrig war, dass es ihr beim Hinsetzen vorkam, als hinge sie für Sekunden in der Luft. Neben ihr saß eine Blinde. Sie fütterte Tauben und Raben. Sie wandte ihre matten Augen Suzanne zu, lächelte zahnlos und hielt ihr schimmlige Körner hin. Zum ersten Mal im Leben fütterte Suzanne Tauben. Zum ersten Mal fütterte Suzanne in ihrem

Leben Tauben. Grauer und dicker als zu Hause schienen sie. Die Raben größer, schwärzer, die Möwen weißer. Sie bewegten sich behäbig, als müssten sie mit ihren Kräften sorgsam umgehen. Suzanne erhob sich, sagte laut »Do svidanija«, ein ihr inzwischen geläufiger Abschiedsgruß, und beschloss, im Bistro gegenüber etwas zu trinken.

Eine ganze Weile saß sie vor dem Lokal. Ihre Gedanken schweiften zurück in die Amsterdamer Kindheit. Sie erinnerte sich, wie sie mit Freundinnen Tauben und Möwen gejagt hatten. Damals hatten die Erwachsenen sie ständig ermahnt, nicht in die Grachten zu fallen. Wie sie getobt, Steinchen nach den Booten geworfen, sich unbändig darüber gefreut hatten, wenn die Touristen schimpften. Einmal war sie tatsächlich ins Wasser gefallen. Die Freude darüber, es vor ihrer Mutter verborgen gehalten zu haben, spürte sie noch immer. Die Kellnerin kam an den Tisch und bedeutete ihr, erst zu zahlen, bevor sie den Tee servieren würde.

Suzanne zog langsam einen Brief aus der Plastiktasche. Kurz blickte sie auf den Umschlag, erkannte die Briefmarke. Das war doch ihr erster Brief an Viktor aus Amsterdam! Sie faltete das vergilbte Papier auseinander:

Amsterdam, den 5. Mai 1982

Mein lieber Bär,
Heute bin ich den ganzen Tag in der Bibliothek gewesen. Jetzt bin ich todmüde. Dein Brief hat mich wirklich zum Lachen gebracht und ich habe mich gefragt, was Schlangestehen mit Abneigung gegen Kleinfamilie zu tun hat. Dabei ist mir unser Gespräch vor dem Van-Gogh-Museum eingefallen. Dass der Tod schon lau-

ert, während Leben entsteht, hast Du gemeint, deshalb könntest Du Dir nie vorstellen, Vater zu werden. Ich weiß nicht, ob ich Deine Gedanken richtig verstehe, aber daran habe ich noch nie gedacht. Natürlich! Es stimmt. Wir setzen Kinder in die Welt, obgleich wir wissen, dass auch sie gehen müssen. Gestern Nachmittag war ich am Meer und habe Steinchen ins Wasser geworfen. Das beruhigt mich immer. Weißt Du noch, wie wir hier gesessen haben? Du hast über unsere Vorfahren gesprochen, dabei aufs Meer gezeigt und gemeint, dass das Meer nicht nur Sand und Steine aufwühlt, sondern in unseren Seelen die Ahnen, die in uns leben. Die Gezeiten hingegen seien erbarmungslos, sie würden uns entblößen und auflösen. Erinnerst Du Dich noch daran? Ich weiß nicht viel über die Eltern meiner Mutter. Mein Großvater war eines Tages verschwunden.

Heute gehe ich mit Paco Salsa tanzen. Die letzten Klausuren stressen mich. Kann es kaum erwarten, Dich wiederzusehen, mein Bär!

Tausend Küsse,

Suzanne

Sie faltete den Brief wieder zusammen, steckte ihn zurück in die Tasche. Zwölf Jahre waren seither vergangen! Warum bewegten sie diese Liebesbriefe nicht mehr? Gerade waren sie ihr sogar lästig. Ihre Blicke wanderten erneut zu den dicken Raben, die sich um die Reste in den Papierkörben stritten. Und weiter zu den Bäumen, die wie Soldaten aufgereiht im Park standen. Zwischen ihnen befreiten Arbeiterinnen vorsichtig Skulpturen aus ihrem Winterholzverschlag. Auf den modrigen Wegen schoben Großmütter ihre Enkel auf der Suche nach Sonnenstrahlen im Kinderwagen durch den Park. Sie trank den Rest des lauwarmen Tees aus. Warum tut mir Viktor das an? Weiß er überhaupt, was er tut? Uns allen antut? Warum nur? Was denkt er sich eigentlich? Hätte man sie aufgefordert, nachzuzählen, wie häufig sie diese Fragen in den vergangenen Tagen gestellt hatte, wäre sie die Antwort schuldig geblieben. Die Suche nach Viktor zehrte sie stündlich mehr auf. Auch ihr Verständnis für ihn. Auf dem Weg zum Hotel kaufte sie eine Pirogge und eine Flasche Borjomi-Wasser. Sie musste heute Abend unbedingt Irina in Frankfurt anrufen. Vor ihrem Hotel Leningrad, einem massiven Betongebäude mit zauberhaftem Blick auf die Newa, lag der Panzerkreuzer Aurora: stolz, wachsam, allzeit bereit, sein lichtes oder graues St. Petersburg in alle Ewigkeit zu verteidigen. Auf dem Gehsteig saß ein Junge neben einer Waage, auf der sich die Passanten für 20 Kopeken wiegen konnten. Suzanne stellte sich auf die Waage. Erstaunt, dass sie dreieinhalb Kilo abgenommen hatte, schrie sie auf. Der Kleine musterte sie fragend, reichte ihr ein verschlissenes Maßband, das er aus der durchlöcherten Hosentasche zerrte. Sie nahm es, stellte sich an die Hotelwand, um sich zu messen. Eine Passantin kam ihr zu Hilfe.

»Wie ist das denn passiert?«, rief Suzanne, weil sie meinte, inzwischen auch zwei Zentimeter kleiner geworden zu sein.

Sie warf dem Jungen einen Rubel hin, stürzte ins Hotel, ließ sich verbinden und schrie ins Telefon: »Ich bin kleiner geworden. Ich bin geschrumpft. Und dreieinhalb Kilo habe ich abgenommen!«

Irina erkannte ihre Stimme nicht sofort. »Wie bitte?«

»Ich bin es, Suzanne. Suzanne. Ich rufe aus St. Petersburg an. Ich kann nicht mehr!«, schrie sie in den

Hörer. »Bis jetzt habe ich nichts über Viktor erfahren. Fast zwei Wochen bin ich schon hier. Nur eine Plastiktasche. Ein smarter Priester hat sie mir heute Morgen in die Hand gedrückt und mir viel Erfolg gewünscht.«

Ein diffuses Geräusch erklang im Telefon. »Ich kann einfach nicht mehr. Stell dir vor: Ich bin geschrumpft!«

Irina bemühte sich, Suzanne zu beruhigen. Sie hatte bereits von Hayk erfahren, dass sie in Moskau noch voller Hoffnung gewesen war, aber seit ihren vielen Begegnungen und Gesprächen, allein in St. Petersburg, zu zweifeln begonnen habe.

»Du hast mir doch empfohlen, nicht zur Polizei zu gehen, keine Vermisstenanzeige aufzugeben, wie man das in jedem normalen Land macht«, kreischte Suzanne. Ihre Stimme überschlug sich dabei. Irina hörte ihr Schluchzen. »Ich bin es jetzt leid. Morgen gehe ich zur Polizei!«

»Das darfst du nicht. Glaube mir! Das geht nicht. Dann wird alles noch viel schlimmer. Sie verhören dich. Oder sie tun dir was an. Bitte, hör auf mich!«, flehte Irina.

Stille.

Irina nahm die Gelegenheit wahr und fuhr in ruhigem Ton fort: »Benjamin und Lilith geht es gut. Gestern habe ich sie getroffen. Wir haben zusammen zu Abend gegessen und Sambesi gespielt.«

Wie aus einer fernen Welt klang die Stimme. Suzanne bemühte sich, Irina zuzuhören. Plötzlich wurde ihr speiübel. Wie undankbar ich bin, warf sie sich vor. Was ist hier nur mit mir passiert? Mit belegter Stimme richtete sie viele Küsse an die Kinder, liebe Grüße an ihre

Mutter und Tamuna aus und versicherte Irina: »Ich gehe nicht zur Polizei. Ich verspreche es dir!«

»Bist du wieder okay?«, fragte Irina und bat weiter: »Komm schnell nach Hause! Mit der Zeit wird sich alles klären.«

»Du hast recht. Ich verstehe hier sowieso nichts. Nichts. Niemanden. Irina, ich danke dir. Danke. Danke«, wiederholte Suzanne abgekämpft. Sie legte den Hörer auf, schaute aus dem Hotelfenster und sah, wie sich zwei riesige Eisenstellagen behäbig in den Himmel schraubten. Sie traute ihren Augen nicht. Litt sie etwa unter Sinnestäuschungen? Nein, das war die Brücke über die Newa, über die sie heute gegangen war. Sie musste hier raus! Beim Aufstehen stolperte sie über die Plastiktasche, die ihr der Priester übergeben hatte, warf sie auf das Bett, biss in eine Pirogge, nahm einen Schluck Borjomi und verließ das Hotel.

Als Irina am Telefon Lilith und Benjamin erwähnt hatte, hatte Suzanne wieder das Stechen in ihrer Brust gefühlt. Vergaß sie in diesem Chaos etwa ihre Kinder? Sie hastete an hohen Eisenzäunen, Palais, Parks und Wohnblöcken vorbei. Überquerte Kanäle, kleine Straßen und viele Brücken. Zur Beruhigung begann sie, die Brücken zu zählen. Irgendwo zwischen Wasser und Häusergewirr tauchte die Kirche vom blutigen Erlöser mit ihren bunten, runden Ziegelhüten auf. Gebannt blieb sie stehen. Blickte erneut nach oben. Erlösung, dachte sie, während sie ihren Stadtplan zusammenfaltete. Erlöst vom Grübeln über die immer gleichen Fragen. Ihre Schritte wurden langsamer, wie gelähmt ging sie am Kanal entlang. Einfach vergessen. Vergessen! In diesem Moment erschallte eine frenetische Stimme rechts von der Blutkirche. Sie näherte sich dem Gebäude. Dieselben Lieder drangen auch aus einem Fenster gegenüber. Komisch, am Kanal die gleichen Kanäle? Irritiert blieb Suzanne stehen, drehte sich in die eine, dann in die andere Richtung.

War das nicht Vladimir Vyssotzkij? Mit seinen Chansons über Gefängnisse, Berge, Zechen, Liebe und Verzweiflung? Die den Fall des Sowjetimperiums angekündigt hatten? Auf dem Friedhof in Moskau hatte Hayk das doch angedeutet. Er nannte sie die andere Trinität: Vyssotzkij, Okudschawa, Galitsch. Sänger, Lyriker, Propheten. Die Fans kopierten nächtelang ihre Tonbänder. Fortgefegt hätten sie den sowjetischen Alltag, einfach obsolet gemacht! Ikonen mit Gitarren. Niemanden hätten sie unberührt gelassen, hatte er gesagt. Sogar nicht die im Kreml, beim KGB und in den Kirchen. Mit einem Mal kam es ihr vor, als säße sie in der Gemeinschaftswohnung bei Hayk. Eine Weile starrte sie in den Gribojedow-Kanal, doch sie bemerkte es erst, als grölende Touristen vorbeizogen.

Die Nacht und der Tag gingen unmerklich ineinander über. Suzanne holte ihren Stadtplan wieder aus der Manteltasche hervor und öffnete ihn, um sich im Dämmerlicht zu orientieren. Hayk hatte ihr von den Weißen Nächten vorgeschwärmt. »Die eine Dämmerung beeilt sich, der anderen zu folgen, und lässt so der Nacht kaum eine halbe Stunde«, hatte er Puschkin zitiert.

Als Suzanne zurück ins Hotel kam, rumpelten die ersten Autos und LKWs vorbei. In der Morgendämmerung waren schon Fußgänger unterwegs. Erschöpft setzte sie sich aufs Bett. Hefte fielen aus der Plastiktasche. Müde zog sie mit geschlossenen Augen ein Heft aus dem Stapel. Sie zögerte. Wovor scheute sie sich? Vor der Wahrheit? Sie überlegte, öffnete die Augen, las auf dem Heftumschlag: »Irgendwo in Russland, im Frühling 1994, Viktor Miller.«

Hatte er das wirklich erst vor Kurzem geschrieben? Suzanne legte sich im Bett auf den Bauch und breitete alle Hefte ordentlich nebeneinander auf dem Boden aus. Abwechselnd las sie laut oder leise. Laut, um sich zu vergewissern. Leise, um die Zeilen zu verschlingen.

Moskau, Februar 1994, Danilovskij Kloster

Jeden Morgen drängen die Menschen sich aus der Metro in Büros, Fabriken, Geschäfte und auf die Märkte. Über spiegelglatte Wege gleiten sie vorbei an fliegenden Händlerinnen, die Orangen, Bananen, Bücher und Dessous anbieten. Niemand fällt über die weißen Plastikstühle vor den Glaskiosken, die die maroden Bretterbuden zur Rund-um-die-Uhr-Versorgung Moskaus abgelöst haben. Bei den leer stehenden Fabrikhallen überquerte ich die breiten Gleise einer Straßenbahn aus ruhmreichen Zeiten. Mir schien, als rolle ein abgetrennter Kopf auf mich zu, und der Gestank der Straßenbahnbremsen aus den dreißiger Jahren wehe mir um die Nase. Die goldenen Kuppeln des Danilovskij-Klosters glänzen im eiskalten blauen Februarhimmel. In wattierten Jacken schippen Namenlose mit überdimensionalen Schaufeln den Nachtschnee weg. Bei den schwarzen Mercedeslimousinen vor dem Kloster betteln alte Frauen. Ich betrete das Gebäude. Rot-grün gemusterte Teppichläufer weisen den Weg zu den Mächtigen: im Kreml, im Smolny und neuerdings auch wieder in Kirchen. An langen Tischen erwarten mich feiste, mitunter fahle Gesichter mit langen Bärten in schwarzen Kutten. Von den

Wänden bewachen Ikonen die schwarze Kopfbedeckung
der Bischöfe, die Klobuk genannt wird.

Die winzige Handschrift schien über das Papier ge-
hastet zu sein. Fühlte sich Viktor gehetzt? Wer saß dort
mit diesen Hüten? Wer waren diese Typen? Sahen sie
aus wie der Bischof aus Wolgograd, dem die Haare nicht
nur am Kinn, sondern auch aus Ohren und Nase wuchsen? Suzanne stand auf, trank Wasser, legte sich wieder
auf den Bauch und las weiter.

Auf dem Weg nach St. Petersburg, Mai 1994

Meine Nachbarin im Zugabteil bietet mir Wurst,
Gurke und Brot an. Sie meint, dass ich zum Tee etwas es-
sen solle. »In diesem Land müssen Sie mehr essen.« Da-
bei zeigt sie aus dem Fenster. Ständig streicht sie sich
eine Haarsträhne aus dem Gesicht, wobei ihr Kopftuch
verrutscht, das sie dann geduldig wieder bindet. So geht
das die ganze Zeit. Sie belegt unterdessen Stullen mit
Wurst und Gurken oder mit Käse und eingelegten To-
maten.

»Jetzt fahren wir auf die Datscha«, erzählt sie. »Ich
habe Wodka aus der Stadt mitgebracht. Unsere Gärten
ernähren uns. Meine Rente reicht zwei Wochen für Brot,
Fett und ein wenig Milch.« Sie reicht ihrem Enkel das
dritte Butterbrot, nutzt die Gelegenheit, ihm liebevoll
über den Kopf zu streichen. »Mein Mischa«, flüstert sie,
»Gott schütze Dich! Gott bewahre Dich!« Dabei drückt
sie Daumen, Mittel- und Zeigefinger der rechten Hand
zusammen, berührt zuerst Stirn, Bauch, dann die rechte
und linke Brust. Dabei senkt sie den Kopf und bekreu-
zigt sich drei Mal. Ein Rinnsal von Tränen läuft durch
ihre Falten. »Gott bewahre ihn! Er muss im Herbst nach

*Tschetschenien«, seufzt sie. Während der Zugfahrt be-
kreuzigt sie sich bei jedem Kirchturm, den sie sieht.*

Suzanne stand auf, ging ins Bad, wusch sich kalt das
Gesicht ab. Ob ihr dieselbe Frau auf der Zugfahrt nach
St. Petersburg begegnet war? Aus dem braunen Mini-
kühlschrank holte sie Mineralwasser und trank die Flasche in einem Zug aus. Dabei sprang der Kühlschrank
an: ein Höllenlärm. Erschrocken sank sie in das braune
Polster des Bettkopfteils. Griff zum nächsten Heft. Blätterte weiter, überflog die Zeilen, schrie zwischendurch
auf, biss ins Kopfkissen.

*Zum Kaffee verabrede ich mich im Hotel ›Europa‹.
Dort gibt es den besten Kaffee und die saubersten Toiletten in St. Petersburg. Hier steigen internationale De-
legationen ab, posaunen ihre Geschäftsgeheimnisse aus,
weil sie sich einbilden, dass sie niemand versteht. Beamte aus Deutschland erzählen von ihrem jüngsten Kauf
antiker Ikonen, Bilder und Gold und brüsten sich damit, wie sie mit den Marktfrauen um jede Kopeke ge-
feilscht hätten. Immerzu versichern sie, dass sie nur helfen wollten. Natürlich auch mit ihren Besuchen der besten Restaurants und Edelbordelle an Wochenenden. Was
sie allerdings aus der Ruhe bringt, verrät mir eine Dolmetscherin: Wenn sie kein feuchtes Toilettenpapier auf-
treiben können. Mit der internationalen Beraterfront erobern Anglizismen die russische Sprache. Wegen guter
Sprachkenntnisse finden Frauen als Dolmetscherinnen
und Projektassistentinnen gut bezahlte Jobs. Ihre Männer hingegen, meist Ingenieure, hängen arbeitslos zu
Hause herum, weil alle Fabrikanlagen geschlossen sind.
Das Zauberwort lautet ›Konversion‹, die von den US-
Beratern vorangetrieben wird, um die sowjetische Mili-*

tärbranche angeblich in einen friedlichen Industriekomplex umzubauen, also Kühlschränke, Waschmaschinen etc. herzustellen. Die Zerstörung der alten Branchen findet quasi über Nacht statt. Doch der Neuaufbau beginnt nicht. In Scharen verlassen Ingenieure St. Petersburg in Richtung USA oder Westeuropa. Sogar in den Iran, hat mir einer berichtet. Freiwillige aus England, Skandinavien, Deutschland oder den USA unterstützen zivilgesellschaftliche Organisationen: beschaffen internationale Gelder, organisieren Austauschprogramme und dolmetschen bei Konferenzen. Es sind meistens Frauen, die Selbsthilfegruppen gründen: Ärztinnen, Psychologinnen, Lehrerinnen, Mathematikerinnen. Neue Worte haben sich auch im 18. Jahrhundert auf den Weg in die Weiten Russlands gemacht. Eigentlich hat Peter der Große nur vorgehabt, sein Militär zu modernisieren. Dazu hat er Gastarbeiter aus Italien, Deutschland, Holland für Russland angeheuert, die nicht nur ihre Arbeitskraft, sondern neue Speisen, Sprachen, Ideen wie Freiheit, Würde, Revolution mitgebracht haben.

Sascha und ich gehen alle Einzelheiten noch mal durch. Dass er sich besser an Journalisten in St. Petersburg als in Moskau wenden soll. Ich gebe ihm die Prüfberichte und eine Plastiktasche mit der Bitte, sie Vater Pavel zu bringen. Sascha ahnt nicht, dass wir uns nie mehr sehen werden. Danach lästern wir über das neue EU-Projekt. Den Zuschlag hat ein Verein in Deutschland bekommen. Projektziel: Deutsche Verwaltungsbeamte modernisieren die St. Petersburger Stadtverwaltung. Sascha bricht in Lachen aus. Später schlägt er vor, in die Banja am See zu fahren, danach einen Abstecher zu Nana zu machen. Ich bitte Sascha eindringlich, kein Wort über unsere Abmachungen fallen zu lassen.

Während der Lektüre weinte Suzanne, putzte sich die Nase und las weiter, kniff sich in den rechten Arm. Vieles verstand sie nicht. Manches kam ihr völlig absurd vor. War das wirklich Viktor? Von Zeile zu Zeile zweifelte sie mehr daran. Ihr wollten die Augen zufallen, doch sie zwang sich, weiterzulesen.

>*Du musst den Kopf unters Wasser tauchen«, befiehlt die Bademeisterin. »Siehst du, jetzt leuchten deine Augen.« Auf dem Steg verliere ich das Gleichgewicht. Sie eilt mir zur Hilfe, stützt und beruhigt mich damit, dass die Schwäche gleich einer herrlichen Kraft weiche. Mir kommt es vor, als löse sich mein Körper auf. »Komm, gehen wir nochmal rein«, ermutigt mich Sascha. Ein beißend heißer Dampf dringt tief in meine Poren. Birkenblätter klatschen von irgendwo auf meinen Hintern. Ich kann kaum atmen, fange an, zu husten, jemand schlägt mir auf den Rücken. »Jetzt bist du wie neugeboren, Täubchen. Deine Wiedergeburt!«, zwitschert die dralle Bademeisterin. Über dem See liegt ein hauchdünner Schleier. Nackte, glänzende Körper erscheinen auf dem Steg. Mit einem Satz verschwinden sie kurz darauf im eiskalten Wasser. Tauchen prustend auf, lachen und laufen dampfend in die Sauna zurück. Diese Banjas sind über Monate im Voraus ausgebucht. Dort werden nicht nur Körper erfrischt, sondern Rezepte, Gerüchte ausgetauscht und Geschäfte angebahnt.*

Neu geboren besuchen wir Nana. Heute, am 49. Jahrestag des Sieges über die Deutschen, serviert sie den Tee in Tassen mit Goldrand, schaltet Radio und Fernseher gleichzeitig an: Militärparaden flimmern über den Bildschirm. Stechschritte vor dem Kreml. Dahinter Panzer. Siegeshymnen schmettern aus dem Radio. Sie verwöhnt uns mit Napoleontorte und weiht uns in geschichtliche

Ereignisse ein: »Bistro kommt aus dem Russischen und bedeutet schnell. An jeder Ecke in Paris stehen sie heute. Napoleon war ja Franzose, besser gesagt Korse. Ihn gibt's dafür bei uns in jeder Konditorei. Wir haben ihn verfeinert«, zwinkert Nana mir zu. »Viele Schichten mit jeder Menge Creme. So süß wie unser Triumph über diesen Winzling«, kichert sie. »Moskau haben wir einfach vor seiner Nase angezündet.« Wir trinken Tee und verzehren den süßen Korsen. »Unser Napoleon hat sogar in der schlimmsten Zeit, vor drei Jahren, in den Vitrinen gestanden. Sonst hat es damals fast nichts mehr in den Geschäften gegeben: Das letzte Vieh geschlachtet, das letzte Korn gemahlen. Trockenes Brot. Wie im Krieg.« Nana zupft nervös an ihrem Pulli. »Kinder kommen keine mehr zur Welt. Die Alten sterben noch früher.« Mit vollem Mund kommentierte sie gleichzeitig die Radio- und die Fernsehmoderatorin. »Immer senden sie das Gleiche. Wie früher. Drei Mal täglich eine Telenovela aus Mexiko von 1979: Los ricos tambien lloran. Was so viel bedeutet wie: Auch Reiche weinen. Diese mexikanischen Serien sind billig. Meine Mutter schaut sie mindestens zwei Mal am Tag.«

Ich weiß nicht, warum mein Blick an den Tapetenmustern hängen bleibt. Alle Wände sind tapeziert. Sogar die in den Toiletten: hellblau mit Würfeln gemustert. In der Küche rosa gestreift mit versetzten Krügen. Goldene Ornamente zieren die Wohnzimmertapeten, auf denen Bilder mit italienischen Motiven hängen. Im Schlafzimmer röhren Hirsche auf Marmorimitat. In Kirgistan hingen tatsächlich die gleichen Tapeten. In jedem sowjetischen Schlafzimmer Hirsche, Meere oder Wälder auf Marmorimitat. Apropos Schlafzimmer. In der Sowjetunion hat niemand über Sex gesprochen. Manche behaup-

ten, es habe gar keinen gegeben. Höchstens in Zugabtei-
len, Bibliotheken oder Büros.

Sie hörte das Klopfen an der Tür. Hefte, Mantel,
Stiefel fielen auf den Boden, als sie sich im Bett bewegte.

»Suzanne, Suzanne! Bitte öffne! Suzanne, bitte.«

Sie erkannte Hayks Stimme. Schwerfällig stand sie
auf, öffnete die Tür und wäre dabei fast hingefallen. Er
hielt sie fest.

»Warum hinkst du? Bist du gefallen?«, fragte er besorgt.

»Mein Bein ist eingeschlafen.«

»Hast du das Telefon nicht gehört?«

Hayk schaute sich im Zimmer um. »Zwei Tage ver-
suche ich schon, dich zu erreichen! Hast du getrunken
oder Tabletten genommen?«

Suzanne fuhr sich mit den Händen durch die verfilz-
ten blonden Haare. Sie versuchte sich zu erinnern. Apa-
thisch zeigte sie auf die Papiere, den Mantel, die Stiefel,
die neben dem Bett kreuz und quer lagen. »Bin dabei
eingeschlafen.«

Er nahm sie in die Arme. »Was ist denn passiert?«

Suzanne machte sich los, kauerte sich in den Sessel
und weinte. Behutsam legte Hayk ihr eine Decke um die
Schulter. Er bestellte ein Frühstück und reichte ihr Tee
mit Zwieback. Schweigend hörte er ihr zu. Als sie duschte, räumte er das Zimmer auf. Er sammelte die verstreu-
ten Hefte ein, putzte die Stiefel, verstaute den zerrisse-
nen Mantel. Beim Aufräumen fielen ihm zwei heraus-
gerissene Heftseiten unter dem Bett in die Hände. Noch
kniend, begann er zu lesen.

Notizen von Viktor Miller, 1993, zu Teufelsaustrei-bungen

Ich fahre mit der Oberin aus der Stadt in den Norden. Vorbei an Wäldern. Verfallenen Holzhäusern. Mit dem nagelneuen schwarzen Sprinter weicht der Chauffeur geschickt den Schlaglöchern aus. Früher sei die Oberin eine begehrte Ballerina gewesen. Ihr letzter Verehrer, heute ein mächtiger Bauunternehmer, habe ihr einen Teil seines Anwesens außerhalb der Stadt für einen guten Zweck zur Verfügung gestellt. Schmunzelnd kommentierte Vater Pavel die neu gegründete Schwestern-schaft. Ihr Verehrer habe sich sogar wegen seiner vor-maligen Geliebten, die nunmehr dank einer Erleuchtung Oberin einer Schwesternschaft geworden sei, taufen las-sen. Nicht nur sich, sondern seine dritte Ehefrau mitsamt den drei Söhnen auch. Den Segen und Schutz der Kirche habe er damit erworben. Aus Sicherheitsgründen wohne der Oligarch mit seiner Familie jetzt auf dem Gelände. »Niemand fragt hier, ob und wie viele Leben sein Vermö-gen gekostet hat. Hier lebt er nun, Gott sei Dank. Ohne Angst vor Entführungen. Sozusagen im Schutz Gottes«, sagt Vater Pavel. Wir gehen zu mehreren Holzhäusern, die abgelegen mitten im Wald stehen. Dort leben elf Mön-che. Keiner von ihnen war zu sehen. Ihr Sponsor habe die Kapelle finanziert und den Schweinestall dort hinten zum Pflegeheim umgebaut. »Ihre alten Wohnungen in der Stadt hat er renoviert und teuer verkauft.« Sie deu-tet auf ein paar Mütterchen. So als wäre es ganz selbst-verständlich, dass sie ihre Wohnungen für ihn verlas-sen mussten. »Eines Morgens wachen wir auf und sind mitten in einem Spielkasino gelandet. Wer heute nicht zockt, verliert eben«, spottet die Oberin. Danach bringt sie mich in ein Holzhaus und bietet mir Tee an. Von ir-

gendwo höre ich ein Jammern. »Das ist eine Alte. Die haben sie erst vor einer Woche gebracht. Sie weigert sich, das Gebet zu sprechen. Beten haben sie in den Lagern nun einmal nicht gelernt. Einen Moment bitte, ich rufe einen Mönch.« Sie geht zum Telefon, spricht laut, setzt sich wieder an den Tisch. «Kosten Sie die frisch gebackenen Piroggen mit Pilzen aus dem Wald.«

Von der Treppe her dröhnen schwere Schritte. Holzfußboden, Wände, alles bebt gleichzeitig. Jemand reißt die Küchentür auf, grußlos stürmt ein riesiger Mönch herein. »Wo ist sie?« »Dort hinten.« Die Oberin zeigt auf eine Tür schräg gegenüber dem Ofen. »Immer noch vom Teufel besessen?« »Gewiss. Unser Vater wird ihr ihn gleich austreiben«, bemerkt die ehemalige Tänzerin scharf. Dann faltet sie ihre zierlichen Hände und sieht mich durchdringend an. Ich wollte fragen, was im Zimmer geschehe, als ein spitzer Schrei herausdringt. Stille. Gefolgt von einem kurzen Aufschrei. Und wieder Stille. Nach etwa zehn Minuten kommt der Klosterbruder aus dem Zimmer. Sein schwammiges Gesicht ist blaurot. Seine Kutte hat sich in seiner Hose verfangen. Die Oberin springt auf, verbeugt sich vor ihm. Küsst ihm die Hände. Am nächsten Tag begegne ich während eines Spaziergangs zufällig jener Frau, der der Teufel angeblich ausgetrieben wurde. Ich erkundige mich nach ihrem Befinden. Sie blickt mich stumm an. Schließlich stottert sie, dass sie jeden Freitag um die gleiche Zeit die Milch eines Mönchs trinken müsse. Daraufhin schweigt sie, blickt zum Himmel und rezitiert: »Seit jener Zeit verstehe ich, warum das Volk an dem Fallen und Erheben Geschmack findet. Dies ist die Zeremonie der Teufelsaustreibung.« Sie stockt, zögert und sieht mich mit wunden Augen an. Dann erzählt sie, dass sie an einem Institut für Laser-Optik in Leningrad gearbeitet habe, unter Stalin zu zehn

Jahren Gulag verurteilt worden sei, Ende der Fünfzi-
gerjahre rehabilitiert wurde und bis zur Pension wie-
der als Mathematikerin an diesem Institut gelehrt habe.
1992 habe er, sie zeigte mit ihrem dünnen Zeigefinger
auf den schwarzen Mercedes, ihre Wohnung gestohlen.
Nach diesen Worten blickt sie gen Himmel und rezitiert
mit brüchiger Stimme weiter: »Deinen Glanz habe ich
dabei nie gesehen!«

Als ich wieder in St. Petersburg angekommen bin,
habe ich den Ursprung ihres Zitates gesucht. Nach länge-
rer Zeit fand ich ihn: Es war die Erzählung ›Teufelsaus-
treibung‹ von Nikolaj Leskov. Ich lese sie dreimal, bevor
ich begreife, dass die im 19. Jahrhundert von Nonnen ex-
erzierten Teufelsaustreibungen im Vergleich zu den heu-
tigen Misshandlungen durch Mönche vor den Toren St.
Petersburgs harmlos gewesen sein müssen. Seitdem lässt
mich die Frage nicht mehr los, wie eine Teufelsaustrei-
bung wohl im 21. Jahrhundert aussehen würde.

In der Hoffnung, dass Suzanne diese Seiten noch
nicht gelesen hatte, ließ Hayk sie schnell in seiner Hosentasche verschwinden. Gerade trat sie aus dem Badezimmer. Erstaunt schaute sie sich um.

»Danke, dass du gekommen bist. So viel wie in den
vergangenen Tagen und Nächten habe ich nie geweint.«

»Lass uns das alles für ein paar Stunden vergessen.
Später können wir darüber reden«, sagte Hayk.

»Du hast recht. Gehen wir!«

Hayk hatte ihr vorgeschlagen, einen Mantel zu kaufen und danach die Eremitage zu besuchen. Suzanne
stimmte zu, obwohl sie sich noch schwach fühlte. Sie
besuchten mehrere Geschäfte. Alle Kleider waren hier
drei Mal so teuer wie in Frankfurt. Zufällig kamen sie

an einem Secondhandladen vorbei. Sie probierte verschiedene Modelle an und entschied sich für einen roten Übergangsmantel. Als sie das Geschäft verließen, bat sie Hayk, sich bei ihm unterhaken zu dürfen, gab aber nicht zu, dass ihr schwindlig war. Er führte auf dem Weg zur Eremitage in ihre Geschichte und Architektur ein. Erzählte von den Katzen im Keller, die über all das wachten. Im Zweiten Weltkrieg seien alle Exponate in Waggons in den Ural verfrachtet worden, um sie vor den Deutschen zu schützen. Suzanne schien es, als durchdringe sie unbekannte Landschaften, stapfe durch Schnee und Morast, wate durch Gewässer. Und wieder ein Schwindel. Erstaunt sah sie sich um, als sie feststellte, dass sie in der Eremitage stand. Hayk war zur Kasse gegangen. All diese Gemälde fuhren gerade noch in Waggons fort. Und wieder ergriff sie ein leichter Schwindel. Hayk führte sie behutsam durch die prunkvollen Säle. Suzanne bewunderte die Deckenmalerei. Auf den Böden entzückten sie die Mosaiksteine. Konzentriert versuchte sie, die Muster zu erkennen. Nie hätte sie so viel Schönheit an diesem Ort vermutet. Wie sie in die niederländische Abteilung kamen, daran erinnerte sich Suzanne später nicht mehr. Nur an das Bild! Das Gemälde »Die Rückkehr des verlorenen Sohnes« von Rembrandt. Lange verweilte Suzanne davor. Sohn und Vater erscheinen trotz Finsternis im hellen Licht. Vier angedeutete Figuren dringen aus der Dunkelheit, betrachten den kahl geschorenen Sohn, der gebrochen vor dem Vater kniet, dessen Gesicht der nahe Tod sanft zeichnet. Verzeiht der inzwischen erblindete Vater dem Sohn? Rückkehr! Reue? Freude! Suzanne stand noch immer wie gefesselt vor dem Gemälde, als

Hayk sie vorsichtig aus ihrer Versunkenheit holte und sie zu den tanzenden Damen in Orange auf Blau von Matisse mitnahm. Das Blau erinnerte Suzanne irgendwie an das Ballerina-Bild im Büro. Sie stellte sich vor, wie jedes Gemälde, jede Skulptur unter den kritischen Blicken der Katzen im Keller der Eremitage vor dem befürchteten Einmarsch der deutschen Wehrmacht sorgfältig verpackt und auf Zügen in den Ural transportiert wurde. Gerne hätte sie noch mehr Zeit bei diesen Schätzen zwischen Säulen, Treppen, Büsten verbracht.

Anschließend zeigte ihr Hayk den gigantischen Schlossplatz vor dem Winterpalais, den legendären Erinnerungsort etlicher Befreiungsversuche, des Kampfs 1825 um eine Verfassung, des blutigen Sonntags 1905, der später am 25. Oktober 1917 im Ausbruch der Russischen Revolution gipfelte.

»1991 demonstrierte hier ein Menschenmeer für Freiheit, Demokratie und Recht«, rief Hayk. »Aufstände, die jedoch nie das Joch von Zaren, Despoten und Autokraten abwarfen, geschweige denn die Menschenrechte verwirklichten! Im Gegenteil: Allen Revolutionen folgten totalitäre Systeme! Es reicht! Weshalb die Namen so vieler Despoten aus fünf und sechs Buchstaben bestehen und auf denselben Buchstaben enden, bleibt ein Rätsel: Lenin, Stalin oder Jelzin. Ihnen folgt gewiss wieder einer mit diesen beiden letzten Buchstaben.«

Hayk konnte sich nicht mehr bremsen, zog die Augenbrauen nach oben und fragte, ohne Luft zu holen: »Warum glaubt ihr eigentlich im Westen, dass wir im Osten nichts mit Freiheit oder Demokratie anfangen könnten?«

Suzanne erschrak. Aggressiv hatte sie ihn zuvor nie erlebt. Weil sie nicht wusste, was sie antworten sollte, schwieg sie. Nach einer Weile nahm sie all ihren Mut zusammen. »Ich habe mir darüber nie Gedanken gemacht«, stammelte sie. Unsicher zog sie die Schultern hoch.

Eine Weile gingen sie wortlos durch die Straßen, über Brücken, durch Parks. Dann fragte Hayk: »Hast du Hunger?«

Noch immer verunsichert, schaute sie ihn an. »Doch.«

»Lass uns in das kleine Restaurant an der Ecke gehen.«

Bevor sie bestellten, übersetzte er die Speisekarte. Sie entschieden sich für das gleiche Menü. Suzanne verschlang Borschtsch mit Piroschki und danach gegrillten Fisch mit Reis und Gemüse. Hayk hatte schon im Hotel bemerkt, dass sie abgenommen hatte. Am Vortag hatte ihn Irinas Anruf alarmiert: »Schrumpfen«. Nachts durch die Stadt irren. Die Idee mit der Polizei. Als Jüdin war für Irina die Vorstellung, dass Suzanne zur Polizei ging, mehr als erschreckend. Sie war seinerzeit nicht grundlos nach Deutschland emigriert.

Nachdem Irina mit ihm telefoniert hatte, habe er beschlossen, den ersten Flieger nach St. Petersburg zu nehmen.

»Das erste warme Mittagessen in dieser Stadt.«

Genüsslich löffelte Suzanne das Vanilleeis mit heißen Himbeeren. Hayk stocherte auf seinem Teller herum. Suzanne legte ihren Schal ab. Sie spürte, wie sich sein Blick auf ihre Brust heftete, und wühlte verlegen in ihrer Handtasche.

»Was machen wir jetzt? Sollen wir noch einmal Vater Pavel fragen? Jetzt habe ich fast alle Briefe von Viktor gelesen. Was meinst du?«, fragte Suzanne verunsichert.

»Ich glaube, er wird nicht weiterhelfen, meine Liebe. Wenn du willst, gehen wir zurück ins Hotel. Du erzählst mir alles der Reihe nach und ich lese Viktors Aufzeichnungen. Danach entscheiden wir.«

Hayk beugte sich vor, streichelte über ihre langen blonden Haare, verfing sich darin. Sie lachten.

»Oder?«

Er blinzelte und Suzanne bemerkte ein Funkeln in seinen bernsteinfarbenen Augen.

�֎

Suzanne träumte von den Kojen, Holzbetten, durchgelegenen Matratzen, hohen Kopfkissen, schweren Federbetten und den grauen Laken der letzten Nächte. Woher kamen diese merkwürdigen Geräusche? Erschrocken öffnete sie die Augen. Und warum fühlte sich ihre Stirn so warm an? Sie fuhr auf. Mit seinem Bürstenschnitt, Adamsapfel, geschlossenen Augen, die wie weiße Knospen wirkten, in denen blaurote Äderchen zuckten, lag er neben ihr und schnarchte. Abends waren sie ins Hotel zurückgekehrt.

Nachdem Hayk das meiste gelesen hatte, waren sie in die Hotelbar gegangen und hatten Wein getrunken.

»Probiere den armenischen Cognac«, hatte Hayk sie aufgefordert. Suzanne erfuhr, dass Hayk in Armenien aufgewachsen war.

»Du erinnerst mich an meine Oma. Seltsam. Weil sie mich mit ihren blauen Augen genauso ansah. Wegen ihr heiße ich übrigens Hayk. Als erster Enkel wurde ich nach dem sagenhaften Gründer von Armenien benannt.«

Sie unterhielten sich, bis der Barkeeper frühmorgens diskret gute Nacht wünschte. Daran konnte sich Suzanne noch erinnern.

Ein feuchter Film hüllte sie ein. Sie tastete ihren nackten Körper ab, ein herber Geruch umfing sie. Sie sog ihn ein, hielt inne und hauchte ihn langsam aus, um den fremden Duft sogleich erneut einzuatmen.

Sie beobachtete Hayks Brust. Sonnenstrahlen verirrten sich in den dunkeln Brusthaaren. In schwarzen Löckchen glänzten Schweißtropfen. Eine lange Fuge durchquerte den Thorax. Mit jedem Atemzug schufen Tropfen neue Landschaften. Einige ähnelten Seen. Andere einer durchpflügten Hochebene. Lange beobachtete sie die Körperlandschaften, die sich mit jedem Atemzug hoben, senkten und manchmal kurz stockten. Ihr Blick wanderte tiefer. Zwischen muskulösen Beinen lag er. Wie ein junger Kater. Lässig. Gefräßig. Anmutig. Behutsam neigte sie sich über ihn. Hayk schlug die Augen auf.

❉

Das Taxi hielt vor dem Terminal. Hayk nahm den Koffer. Schweigend betraten sie die Halle. Seit Tagen waren ihre Gedanken damit beschäftigt, was sie zu Hause sagen sollte. Doch sie ahnte nur, dass sich etwas grundlegend verändert hatte. Erklären konnte sie es nicht.

Schweigend näherten sie sich dem Schalter. Er nahm sie in die Arme. Für Minuten hielt er Suzanne fest umschlungen.

»Bis Amsterdam!«

Sie küsste ihn: »Posmotrim.«

»Spasibo.«

»Spasibo.«

Suzanne verstaute ihre Tasche in der Ablage, setzte sich und schloss die Augen, bis das Flugzeug die Reisehöhe erreicht hatte. Dann holte sie ihr Logbuch aus der Tasche, schlug es auf und notierte »Was tun«, das sie mehrmals unterstrich.

Internationales Rotes Kreuz, Interpol, Ökumenischer Rat der Kirche, UN ...

Gestern Abend hatten sie, bevor sie sich in Wein, Schnaps und Geschichten aus Armenien verloren hatten, weitere Schritte zur Suche verabredet. Suzanne hatte vergessen, sie sogleich zu notieren. Gedankenverloren kritzelte sie neben Kreisen, Kästen und Dreiecken Bäume, Baracken und Seen.

Was sollte sie nur Lilith und Benjamin sagen?

Suzanne nahm einen Kaffee aus den Händen der Flugbegleiterin entgegen. Sie rieb sich mit dem rechten Daumen die Finger ihrer linken Hand, eine Bewegung, die sie sich in den vergangenen Tagen wohl angewöhnt hatte. Aus Verlegenheit? Nervosität? Ein neuer Tick? Mein russischer Tick.

Auf Zeit spielen, das hatte Hayk ihr vorgeschlagen. Ihren Kindern versichern, dass alle ihren Vater weitersuchen würden. Ihnen von Russland erzählen. Bei ihrer

Schwiegermutter nachfragen: Verbarg sie ihnen, Suzanne und den Kindern, womöglich etwas? Eine Krankheit? Familiengeheimnisse? »Pferde, ja! Als Kind herumgestreunt, ja. Und was sonst?« Ihre Gedanken kreisten, hämmerten, schallten in ihrem Kopf. Sie plante, verwarf, fragte und grübelte, bis sie einschlief.

Juni 2013

Wenn sie nicht unterwegs war, rief Lilith ihre Mutter samstagmorgens von Frankfurt aus in Amsterdam an: »Hast du es schon gehört? Meinen nächsten Dokumentarfilm drehe ich in Russland.«

»Wie war das Theaterstück gestern Abend?«

»Maman! Hast du mich nicht verstanden? Ich fahre nach Russland. Nach Karelien im Norden. Mit Abstecher nach Pskov und Novgorod.«

Ein Seufzer drang durch den Hörer. »Und was meint Paolo dazu?«

»Wir wühlen seit Tagen in den alten Papieren. Lesen, was uns in die Hände fällt. Wahnsinn, was Papa geschrieben hat.«

»Wann geht's los?«

»In einem Monat.«

»Hast du dich impfen lassen?«

»Wogegen denn?«

Lilith reichte Paolo den Hörer. »Hallo Suzanne, mach dir keine Sorgen. Ich habe mir Urlaub genommen und fahre mit.«

Ihre Kollegen hatten Lilith ein Kamerateam und Dolmetscherinnen in St. Petersburg empfohlen. Außer Paolo war auch Dmitrij, ein Regieassistent, mit im Team. Er sprach Russisch, Deutsch, Englisch und Spanisch, liebte Schostakovitsch, bewunderte Tschajkovskij, schwärmte für Liedermacher und postsowjetischen Pop. Die Musik für den Film wollte Dmitrij unbedingt selbst komponieren. Mit ihm hatte Lilith die Tour minutiös geplant. Bei Problemen berieten sie sich telefonisch mit seiner Tante, die mittlerweile im Norden von Russland wohnte. Als Geografin war sie viel herumgekommen.

Lilith recherchierte intensiv über die Klöster im Norden Russlands. Als Studentin hatte sie im Frankfurter Filmmuseum gejobbt. Fast hätte sie sich damals für ihren Abschlussfilm mit den Klöstern befasst, weil ein Kommilitone aus Novgorod ihr wiederholt von den alten Holzbauwerken vorgeschwärmt hatte. Nur wegen der Architektur betonte er immer. Ihm gingen alle Religionen auf den Geist, auch die jüdische, in die er hineingeboren war. Nächtelang hatten sie darüber diskutiert, getrunken, sich geliebt. Fasziniert hatten sie ebenso die Geschichten über die kirgisischen Pferde. Oder die der jungen erfolgreichen Winzer aus Georgien. Das Thema hatte Tamuna vorgeschlagen. Sie lebte inzwischen in Hamburg. Ihr Germanistikstudium hatte sie abgeschlossen und unterrichtete jetzt in Altona Deutsch als Fremdsprache.

August 2013

Vater Andrej erholte sich von einem fiebrigen Gichtanfall. Ein Novize stand vor der geöffneten Tür seiner Hütte und rang nach Luft. Der lange Trampelpfad zum Starez hatte ihm zugesetzt.

»Guten Morgen. Was verschafft mir heute die Ehre?« Vater Andrej segnete ihn, während der Novize ihm die Hände küsste. Beide setzten sich. Der Neuling zog vorsichtig ein graues Taschentuch aus der Kutte, tupfte sich den Schweiß von Stirn und Lippen.

»Mich schickt der Abt. Ich möchte Ihnen ausrichten, dass die Öffentlichkeitsarbeit einen internationalen TV-Sender eingeladen hat. Sie werden ein Interview mit Ihnen führen.«

»Ja, unser zauberhaftes Kloster. So eine herrliche Insel gibt es nur ein Mal auf der Welt«, bekräftigte Vater Andrej, während er dem neuen Bruder ein Glas Tee einschenkte. »Haben Sie sich eingelebt?«, fragte er. Der Neue war erst vor einem halben Jahr ins Kloster gekommen.

»Hoffentlich finde ich in dieser Stille Gott«, gab er zur Antwort. »Ich liebe Choräle. Manchmal sehne ich mich nach den Kindern, aber auch nach dem Moskauer Nachtleben.« Er senkte den Blick, fuhr sich mit der rechten Hand über den kahlen Schädel.

»Das ist normal. In den vergangenen siebzehn Jahren habe ich mich jeden Monat, jeden Tag, jede Stunde, jede Minute nach meinen Kindern, meiner Frau gesehnt.« Vater Andrej hob den Blick und rief: »Gott allein versteht unsere Gewissensbisse. Unsere Reue. Unsere Fragen. Wir haben uns fürs Klosterleben entschieden. Wir sündhaften Seelen! Hat ER uns die Wahl gelassen?«

Vater Andrej öffnete beide Arme, sagte laut und deutlich: »ER braucht weder neue Kirchen noch Prunk noch Ablass.«

Überwältigt von den eigenen Worten wurde dem Starez bewusst, dass er bis zu dieser Stunde niemandem etwas von seiner Familie erzählt hatte, geschweige denn von seiner Sehnsucht, Seelenqual, Verzweiflung. Der Novize schaute den Älteren verwirrt an. In seinen Augen standen Tränen. Er griff zum Taschentuch und verließ Vater Andrej, ohne seinen Segen abzuwarten. Der blieb wie versteinert sitzen.

Nach einer Weile erhob sich der Starez, schlurfte in den Garten, um Holz zu hacken. Mit dem Beil holte er weit aus. Mit jedem Spalten der Holzscheite schienen die Erkenntnisse und Fragen auseinanderzubersten, die er über die Jahre tief in sich verborgen gehalten hatte. Was suchte er nur auf dieser Insel? In diesem Land? Bei diesen Blendern, Verführern und Rasputins? Sie verachteten die Nöte der Menschen. Ihren Kummer. Plötzlich stellte sich Vater Andrej vor, wie in naher Zukunft Patriarch und Präsident in schwarzen Limousinen durch das unendliche Land fahren würden. Nicht bemerkend, dass Steppen, Berge, ja alle Dörfer und Städte verödet, Flüsse und Seen ausgetrocknet waren, während ihre Limousinenfenster blühende Landschaften und winkende Kinder simulierten. Früher gelang es ihm, diese Gedanken mit jedem Hieb zu vertreiben. Weshalb quälten sie ihn

114

ausgerechnet heute so stark? Zornig hackte Vater Andrej mit dem Beil auf ein Holzscheit ein.

Erneut hörte er Stimmen. Rasch drehte er sich um.

»Sind Sie Vater Andrej?«

Ohne eine Antwort abzuwarten, feuerte ein junger Mann des TV-Teams weitere Fragen ab: »Wie lange leben Sie hier? Warum sind Sie hierhergekommen? Was machen Sie hier?«, fragte er auf Englisch. Vater Andrej erkannte seinen Akzent, schlug ihm vor, sich doch besser auf Deutsch oder Russisch zu unterhalten. Der Starez bat die beiden dunkelhaarigen Männer und die blonde Frau, auf der Bank Platz zu nehmen, holte Gläser, schenkte ihnen Kwas ein. Vorher hatte er sich eine saubere Kutte übergezogen, sich mit einem Lappen eilig das Gesicht gewaschen.

Nachdem er um Erlaubnis gefragt hatte, baute der Mann ein Mikrofon vor Vater Andrej auf und ermunterte ihn: »Erzählen Sie einfach!«

Diesen Tag im Mai 1994 werde er nie vergessen, betonte der Starez. Es sei eine eilige Abfahrt zunächst nach St. Petersburg und dann weiter in den Norden gewesen. Dann holte er aus, beschrieb, wie damals die Lokomotive an Wäldern, Seen und Wiesen entlanggekrochen sei. Dicke, graue Wolken wären über sie gezogen. Aus den vorbeiziehenden Landschaften hätten marode Dächer gelugt; junge Birken trieben aus, um den Frühling begierig zu begrüßen. Ein heiterer Tag sei es gewesen, als er in St. Petersburg angekommen sei. Mit roten Schleifen in blonden und brünetten Zöpfen seien kleine Mädchen durch die St. Petersburger Parks getollt. Ihre Großmütter hätten an Bäumen gelehnt oder auf Bänken gesessen, um die ersten warmen Sonnenstrahlen zu genießen. »Sie hatten damals einen entbehrungsreichen Winter durchlebt«, erklärte Vater Andrej. Von St. Petersburg sei er danach weiter in den Norden aufgebrochen, habe mit einem Ruderboot den See überquert, um diesen Ort zu erreichen. Weil plötzlich ein Sturm aufgekommen sei, habe er es fast nicht geschafft. Vorgefunden habe er weder Kloster noch andere Gebäude, sondern nur Ruinen, verkohltes Holz und tiefen Schlamm, in dem sich Schweine suhlten. »Zusammen mit Bewohnern des Dorfes habe ich das Kloster wieder aufgebaut. Mit diesen Händen.«

Vater Andrej zeigte seine rauen, mit Schwielen und Rissen übersäten Hände.

Seither habe er diese Insel nie mehr verlassen. Er schwärmte vom zugefrorenen See, den Anglern, die mit roten Nasen und Augen stundenlang vor ihrem Eisloch sitzen. Sich nur bewegen, wenn sie endlich einen Fisch herausziehen, ihre Kumpels herbeirufen, um den Fisch zu bewundern und auf ihn anzustoßen. Vater Andrej holte tief Luft.

»Jetzt habe ich aber zu viel erzählt«, entschuldigte er sich. »So bin ich jedenfalls hierher gekommen«, bekräftigte er, als wolle er sich selbst seiner Geschichte vergewissern. Dabei legte er die gefalteten Hände langsam in den Schoß.

»Verraten Sie uns, was Sie wirklich hierher verschlagen hat?«, beharrte der Reporter, den Vater Andrejs Ausführungen scheinbar nicht überzeugten.

»Vor ungefähr siebzehn Jahren.« Ein Hustenanfall unterbrach ihn. Er schaute sich um und erst jetzt nahm er die Frau richtig wahr, die stumm neben ihrem Assistenten stand. Ihre blauen Augen, ihre hochgesteckten

Haare und feinen Gesichtszüge. Wie sie ihn ansah. Wie sie den Kopf hielt. Verstohlen betrachtete er sie von der Seite. Ihm wurde bewusst, wie sie ihn unentwegt fixierte. Sogar als er von den Eisfischern und der Banja erzählt hatte und alle anfingen zu lachen, hatte sie nicht reagiert. Sie irritierte ihn. Es kam ihm vor, als ob er sich ihr gegenüber rechtfertigen müsste.

»Entschuldigen Sie bitte. Ich muss jetzt gehen.« Für einen kurzen Moment wandte er sich ihr zu. Er dachte daran, zu fragen, ob sie aus Frankfurt komme.

»Kommen Sie aus Frankfurt?«, hörte er sie im gleichen Moment fragen.

Vater Andrej beugte sich nach vorne: »Wie bitte?«

Ein Schleier legte sich über seine Augen. Und wieder schüttelte ihn heftig der Husten. Frankfurt, erscholl es in seinem Kopf. Frankfurt!

»Kommen Sie etwa aus Frankfurt?«

Vater Andrej starrte die junge Frau an. »Ja.«

Ein Schwindel durchfuhr ihn. Er taumelte und Paolo sprang ihm zur Hilfe, stützte ihn und führte ihn in seine Hütte. Vater Andrej deutete auf den Diwan. Er ließ die Frau nicht aus den Augen, winkte sie herbei, als sie aus einer Karaffe ein Glas Wasser für ihn einschenkte. Er versuchte, sich ein wenig aufzurichten und den Kopf anzuheben, wollte sprechen. Doch wieder schüttelte ihn ein Hustenanfall. Die Stimmen um ihn entfernten sich. Die Frau legte ihm ein nasses Tuch auf die Stirn. Vater Andrej zeigte auf ein Buch neben dem Bett. Sie nahm es, sah, dass es sich um eine deutsche Bibel handelte, schlug sie auf, blätterte in den vergilbten Seiten. Als sie das abgewetzte Buch schon auf den klapprigen Hocker zurücklegen wollte, blieb ihr Blick auf der ersten Seite hängen: »Viktor Miller, 1981«.

Lange versank sie in dem Schriftzug. Leise fragte Vater Andrej: »Kennen Sie ihn?«

Er schaute sie mit wässerigen blauen Augen an, hob seinen Arm, deutete auf sein Herz.

Ein Schrei fuhr durch die Hütte. Paolo, der gerade den Herd anheizte, um für etwas Wärme zu sorgen, drehte sich erschrocken um: Lilith zitterte am ganzen Körper. »Was hast du?«

Sie zeigte auf die Bibel, er nahm sie. »Und?«

»Vorne drin«, stöhnte sie, rannte hinaus und übergab sich. Sie wankte zum Brunnen, pumpte Wasser in die rostige Wanne, gurgelte und wusch sich das Gesicht ab. Dann setzte sie sich auf die wacklige Bank vor der Hütte, nahm ihr Gesicht in die Hände und schaukelte langsam mit ihrem Oberkörper vor und zurück, nach vorne und zurück. Dieser Mann sollte ihr Vater sein? Sie hatte ihn schlank und groß in Erinnerung. Und dieser ungepflegte gelblich-graue Bart! Die tiefen Falten. Das fahle Gesicht!

Was sollte sie jetzt tun? Lilith hörte, wie Paolo leise mit dem Fremden sprach. Die Stimme. Diese Stimme. Es war seine. Oder irrte sie sich? Mitten im Birkenwald. Mitten im Farn. Alles, was ihr gestern noch gefallen hatte, der See mit seinen Fischerbooten, die kleinen Kapellen, die mächtigen Kuppeln der Christi-Verklärungs-Kathedrale, war ihr mit einem Schlag widerwärtig. Zum Kotzen. Ja, Verklärung. Diese elende Landschaft. Diese verdorbene Abgeschiedenheit. Diese armselige Hütte.

Irgendwann stand sie von der Bank auf und trat blass an den Diwan. Vorsichtig legte sie die Hände auf die kalte Stirn ihres Vaters.

»Du lebst.«

»Ich lebe.«

»Hayk hat Mama erzählt, dass ein blonder Ausländer in einem Moskauer Park tot aufgefunden wurde.«

»Wer ist Hayk?«

»Ein Freund von Irina. Er hat Mama geholfen. Bei der Suche nach dir.«

»Sie hat mich gesucht?«

»Natürlich. In Moskau und St. Petersburg. Im Sommer 1994, als du dich nicht mehr gemeldet hast.«

Lilith sprach schneller. Sie schilderte, in welchem Zustand Suzanne aus Russland zurückgekehrt war. Dass Hayk sie jedes Jahr in Frankfurt besucht habe. Das mit dem toten Ausländer habe ihr Suzanne erst letztes Jahr in Amsterdam erzählt. Nachweislich habe es sich aber nicht um ihren Vater gehandelt. »Vielleicht lebt Viktor doch noch«, habe sie gesagt. Über all die Jahre habe sie vermieden, den Namen Viktor auszusprechen.

Paolo installierte das Mikrofon zwischen Tochter und Vater. Sie bemerkten es nicht. Lilith redete jetzt laut und schluchzend, als wolle sie die vergangenen Geschehnisse mit Worten und Tränen wegspülen. War er das tatsächlich? Ihr Vater? Auferstanden? Sie brüllte ihn an: »Verdammt, erzähle endlich die Wahrheit! Was ist damals wirklich passiert?«

Ihre Stimme überschlug sich und sie zerrte heftig an seinem Arm: »Sag was! Rede doch!«

Er richtete sich auf, nahm ihre Hand. Lilith versuchte, sie ihm zu entwinden. Viktor presste sie fest an sein Herz. »Wie konntest du uns das antun? Warum hast du das gemacht?«, schrie sie.

Viktor rang um Fassung. Wie konnte er ihr die Ereignisse in ihrer Reihenfolge verständlich machen? Schließlich begann er, zu erzählen. Und Lilith hörte zu.

»Im Februar 1994 hatte mich jemand aus der Abteilung internationale Beziehungen der russisch-orthodoxen Kirche angeworben, um die Verteilung gespendeter Medikamente zu überprüfen. Alle Medikamente kamen aus Genf. Die internationale Organisation hat einen unabhängigen Bericht gefordert.«

Viktor beschrieb, wie er verschiedene Krankenhäuser und Polikliniken im Land besucht hatte. Nächtelang deren Apotheken, Magazine mit den Listen verglich. Dabei habe er schwere Abweichungen festgestellt. Medikamente waren nie eingetroffen, wie die vorliegenden Papiere offenbarten. Teilweise habe es sich um gestreckte Medikamente gehandelt. Kinder seien an verdünnten Infusionen gestorben, habe ihm eine Krankenschwester anvertraut. Wochenlang habe er alles intensiv überprüft und mehr und mehr Unregelmäßigkeiten festgestellt. Zwei Tage vor Beginn einer internationalen Geberkonferenz im Frühjahr 1994 habe er die Verantwortlichen in der Moskauer Zentrale informiert, sie mit den Ergebnissen konfrontiert: »Mein schlimmster Fehler.«

Viktor traten Tränen in die Augen. Der Projektverantwortliche, ein Priester, und seine Referentin, eine Germanistin, hätten sofort mit der Polizei gedroht. Er sollte nicht wagen, den Bericht nach Genf weiterzuleiten. »Sie drohten mir damit, euch etwas anzutun. Euch zu verschleppen, so nannten sie es.«

»Uns? Du spinnst! Du lügst!«, schrie Lilith. Sie riss ihre Hand los, stand auf, ging in dem dunklen Raum auf und ab. Dann lief sie nach draußen. Paolo holte sie ein, nahm sie in den Arm, wollte sie beruhigen. Sie stieß ihn zurück, stob in die Hütte zurück. Tobte. Forderte ihren Vater auf: »Weiter. Rede weiter!«

Viktor ging auf und ab wie sie, doch gebeugt, suchte nach Worten. Er stotterte: »Ich weiß nicht, ob euch Suzanne von den Anrufen aus Moskau erzählte. Damals wurde mir strikt verboten, Kontakt mit euch aufzunehmen. Wenn ich ausgereist wäre, hätten sie ihre Drohung wahr gemacht. Nach längerem Hin und Her verschickten sie mich auf diese Insel hier.«

Viktor hob den Arm, zeigte um sich, legte die Handgelenke zu einem Kreuz übereinander.

»Tag und Nacht bewachten sie mich. Beim Steineklopfen. Bei der Gartenarbeit. Beim Beten.«

Lilith setzte sich neben ihn und griff nach seinen Händen. »Komm mit, Papa!«

»Du weißt genau, dass das nicht geht.«

Sie schwieg.

»›Die Freiheit ist ein Vögelchen‹, sagt man in Russland.«

Sie umarmten sich.